梅里克家族

乡村办报

（美）弗兰克·鲍姆 著

郑榕玲 译

企业管理出版社

图书在版编目（CIP）数据

乡村办报 /（美）鲍姆著；郑榕玲译.
—北京：企业管理出版社，2015.12

ISBN 978-7-5164-1171-1

Ⅰ.①乡… Ⅱ.①鲍… ②郑… Ⅲ.①儿童文学－长篇小说－美国－近代 Ⅳ.①I712.84

中国版本图书馆CIP数据核字（2015）第313113号

书　　名：	乡村办报
作　　者：	弗兰克·鲍姆
译　　者：	郑榕玲
责任编辑：	韩天放　尤　颖
书　　号：	ISBN 978-7-5164-1171-1
出版发行：	企业管理出版社
地　　址：	北京市海淀区紫竹院南路17号
邮　　编：	100048
网　　址：	http://www.emph.cn
电　　话：	总编室（010）68701719　发行部（010）68414644
	编辑部（010）68701292
电子信箱：	80147@sina.com
印　　刷：	北京宝昌彩色印刷有限公司
经　　销：	新华书店
规　　格：	145毫米×210毫米　32开本　5.875印张　132千字
版　　次：	2016年3月第1版　2016年3月第1次印刷
定　　价：	25.00 元

版权所有　翻印必究·印装有误　负责调换

目　录

第 一 章　沙齐路口的流浪汉 …………………001
第 二 章　梅尔维尔的访客 ……………………007
第 三 章　新事业，新起点 ……………………018
第 四 章　梅尔维尔的居民 ……………………025
第 五 章　分工合作，各司其职 ………………032
第 六 章　工厂经理斯基狄先生 ………………042
第 七 章　插画家 ………………………………049
第 八 章　《梅尔维尔论坛报》…………………059
第 九 章　麻烦来了 ……………………………063
第 十 章　星期四·史密斯 ……………………073
第十一章　欧乔伊·博格林阁下 ………………085
第十二章　莫莉·赛泽的派对 …………………092
第十三章　鲍勃·韦斯特 ………………………098
第十四章　危险的讯号 …………………………106
第十五章　聪明的点子 …………………………115
第十六章　居民的作品 …………………………121
第十七章　布里格小姐离开了 …………………133
第十八章　正式宣战 ……………………………139
第十九章　小心眼的博格林 ……………………146
第二十章　保卫报社 ……………………………153
第二十一章　弗杰里来了 ………………………158

第二十二章　真相大白……………………………………165
第二十三章　报社易主……………………………………173
第二十四章　欢喜结局……………………………………182

第一章 沙齐路口的流浪汉

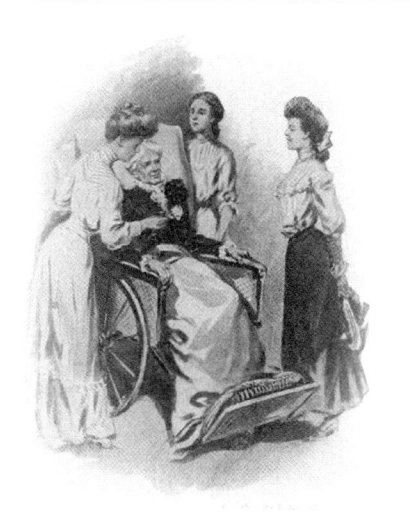

天刚亮，贾金斯先生就钻出了小屋。他是沙齐路口火车站的站长。一大早，外边很凉，他冷得上下牙直打架。他眯眼一看，突然发现路岔上多了两节车厢，一节是卧铺，另一节是装行李的。昨天夜里3点有辆火车经过，这两节车厢准是那辆火车留下的。

他兴奋地自语道："看来，地主一家已经来喽！"

这时，一个声音突然响了起来："地主是谁？"

这下可把贾金斯先生吓得不轻，他一下子蹦起来，往后退了好几步，定睛一看，眼前站着一个人。看来，这人肯定是趁天色昏暗，偷偷摸到他身边的。

贾金斯先生皱起眉头，问："你是谁？"

那人粗声粗气地回答："别管我是谁，我先问你的，地主是谁？"

说话这工夫，贾金斯先生已经把这人上下打量了一遍，然后他说："年轻人，这里不欢迎流浪汉，沙齐路口只为正经人服务，你还是快走吧。"

那人也不理他，一屁股坐在行李车上，盯着车厢开始发呆。

站长之所以觉得他是流浪汉，也不是没有道理的。他脑袋上扣着顶帽子，帽檐上全是洞，身上穿了件松松垮垮的灰色上衣，线头多得活像流苏，里面是件法兰绒衬衫，领子上挂着条破领带，脚上蹬着双劣质皮鞋，鞋底和鞋帮眼看就要分家。

这人看起来不过25岁左右，虽然板着张脸，却也不难看。那张脸蛋红红的,一看就是常在太阳下干活。他那双眼睛黑黝黝的,深得像湖水,像是藏着不少秘密。

贾金斯先生看不透这家伙,不过,他觉得这家伙肯定是个流浪汉。

沙齐路口所在的小镇只养老,不养流浪汉。不过,一般人也不到这来。这里四面环山,居民们都很腼腆,外人来了只会觉得无趣。而且,这里的山路弯弯曲曲,坑坑洼洼,就连专业的攀山客也会嫌弃。

见年轻人不走,贾金斯先生又说了遍:"你还是快走吧!"这次,他的语气严厉多了。

年轻人笑了笑,无所谓地说:"我走不了喽。带我来的车停了一会儿,然后,车头走了,把我和地主一家留下了。"

"噢,你是躲在行李车里过来的?"

"不是啊,我一直在车厢后面的平台上,那里很舒服,没人去打扰。火车一路开开停停,我没一会儿就睡着了。结果,今天一早,我一睁眼就发现自己被扔在这了。没办法,我只能下车,想找个人问问路。这不,我就看到了您。先生,看到您可真高兴!"

贾金斯先生干巴巴地说:"你高兴得太早了。"

"别这么煞风景好不好?看来,您脾气不大好,也不喜欢陌生人,但我不怪您,毕竟,您一直待在这个……"

说到这,他眯起眼睛,看了半天路牌,这才接着说:"沙……沙齐路口。不夸口地说,我也走过大半个美国了,但这么破的车站,还真是头回见!"

贾金斯先生一下黑了脸,想反驳,却一时找不到词。

他知道，看来这年轻人混过不少地方，自己却一直待在小镇里。论油嘴滑舌，他可不是人家的对手。于是，他转过头去，不想再理会这年轻人。

这年轻人可不打算放过他，凑了上来，问："您还没告诉我呢，地主是谁啊？他要真那么有钱，干吗来这山沟沟里？"

贾金斯先生有些憋不住了，一来，这年轻人看着不像坏人，二来，自己挺想跟人聊聊关于地主的事。他晓得，只要说了，准能镇住这个年轻人。所以，他只犹豫了一秒钟，就开了口。

"地主叫约翰·梅里克，是个百万富翁。他的钱，多得烧都烧不完！"一开始说，他的话就像流水，再也停不下来啦，"你是不知道，两年前，他买下了维格农场，就在梅尔维尔那头，然后……"

年轻人打断了他，好奇地问："梅尔维尔在哪呀？"

"往山里走7英里就到了。那农场可真够破的，只有一堆大石头和一片松林，后来……"

"梅尔维尔有多大呀？"

"那镇子可不小，足足有十一家店，还有好些房子呢。在不远处的罗耶尔还有家造纸厂！罗耶尔就在小比利山上，离山脚差不多四英里。"

"等等，跑题了，你说地主叫啥来着？"

"约翰·梅里克啊！他把维格农场买了下来，前年整个夏天都待在那呢。对了，还有他那三个丫头。"

"噢，还有三个小姑娘啊！"

"没错，那三个小姑娘可真好看，整个镇子的人都很喜欢她们。她们很大方，性子也好。去年她们没来，我们都想死她们了。那天，我碰到看门的老胡克，问起她们，他说，今年地主一家还要来消暑，没准哪天就到了呢。我听说，她们把农场打扮得可好看了！虽然我没亲眼看到，但镇上的人都在传，那家具全是从纽约运来的！佩吉·麦克纳见过世面，他说，那家具可值钱了。"

流浪汉点点头，笑嘻嘻地说："原来我运气这么好，成了百万富翁的客人。要是梅里克先生知道我在这边，没准会请我共进晚餐呢。"

站长先生认真地说："他真的会，梅里克先生一点架子都没有，所以，他和三个小姑娘才会这么招人爱！那个农场……"

他还没说够，流浪汉却听够了，突然说："该吃早饭了。"

贾金斯皱起眉头，不高兴地说："我有饭吃，你可没份儿。"

"你们对游客真不友好。"

"你要真是游客，就该去旅店那买早餐。瞧，旅店就在前面。"

"好吧，谢了，我会考虑的。"

站长不再理年轻人，转身把信号灯给熄了。天一亮，这些灯就没用了。等他再转回身的时候，看见车厢边站了个搬运工，正冲他打招呼呢。

贾金斯忙问："他们起床了？"

搬运工答道："是啊，正更衣呢！"

贾金斯两眼一亮，问："他们要在车里吃饭吗？"

"打算回家吃。话说回来,马车到了吗?"

"还没呢,我猜是老胡克赶车吧。"

"反正车一来,他们就回去了。可苦了我喽,得在这里待上一整天,想想就难过!"

"呸!"站长笑骂道,"你还难过?人家付那么多钱,你小子高兴还来不及吧!"

搬运工咧开嘴,笑了起来。他还没说话,一个满面红光的小老头就走了出来。老头拍了拍搬运工,径自走下台阶。

"早上好呀!贾金斯!"他快步走过来,握了握站长的手,转身深吸一口气,说:"日出真美啊!乡下空气就是甜!回到沙齐郡的感觉真是好极了!"

站长满面笑容,挺直了腰背。他转过头,想对流浪汉说"我说得没错吧",只可惜,那流浪汉已经不见了。

第二章 梅尔维尔的访客

就在约翰·梅里克先生和站长打招呼时,一辆三排座马车出现在了山脊上。这辆马车很宽敞,被两匹漂亮的枣红大马拉着,转眼就来到了大伙儿面前。

一个小姑娘跑出车厢,大喊道:"噢!托马斯·胡克!最亲爱的胡克!"小姑娘是帕特丽夏·道尔,她跑到白发车夫面前,搂住了他的脖子。老车夫连忙弯下腰,抱住了小姑娘,皱纹都笑成了朵花儿。

老车夫笑呵呵地说:"帕琪小姐,您又长高了!"

想跟老车夫打招呼的可不止帕琪一个,贝丝·德·格拉芙和露易丝·梅里克也跑了过来。噢,不对,露易丝已经不姓梅里克啦。至于原因嘛,别急,你们马上就能知道。

站在她们旁边的是小女仆玛丽,正努力学着小姐,想做出个大家闺秀的样子。

等姑娘们跟老车夫打完招呼,约翰舅舅这才走过来,他抓住老胡克的手,用力摇了摇。

这时,车厢边只剩最后一个年轻人了,他个子高高的,衣冠楚楚,一直站在大伙身后,笑眯眯地观望着。约翰舅舅和胡克打完招呼,转过身来,将年轻人拉了过来。

矮个富翁说:"胡克,来,给你介绍个新朋友。这是露易丝的丈夫,亚瑟·威尔登。你可得把把关,看他到底合格不合格!"

老车夫摘下帽子,恭敬地给年轻人鞠了个躬。就这么一会儿,他已经不动声色地将年轻人打量了一番。然后,他说:

"露易丝小姐比我眼光好,她自己挑的一准没错。"

听了这话,大家都笑了起来。招呼打完了,行李也搬出来了,大家开始往车座下塞行李。

很快,马车就上路了。梅里克先生大声喊道:"托马斯,记得在路口小屋停一停!"

托马斯忙说:"先生,诺拉已经做好早餐了。"

"真怀念诺拉的手艺!不过,还有8英里的路要走,这一路颠簸,胃里没点东西可不行。咱们去路口小屋歇一歇,尝尝托德太太家的牛奶,那可是远近闻名的!"

"好的,先生。"

"对了,还有半车厢衣服和行李呢,你安排人了吗?"

"先生,奈德已经在路上了。"

路口小屋离车站有些距离,那里有十来座屋子,都被群山遮住了身影。

很快,马车就来到了小屋前,这里有个狭长的广场,广场上摆了些小桌子。其中一张桌子前坐着个年轻人,面前摆着一盘面包,还有一杯牛奶。这年轻人,就是跟站长聊天的那位。这时,他专心地吃着东西,并没注意到新来的这些人。

一下车,约翰舅舅就大喊:"托德夫人!嗨!今早的奶挤了吗!"

一个邋遢的女人走了出来,脸上堆满了笑。一个高个儿男人跟在她身后,一脸严肃。他是路口小屋的老板"幸运托德",长得像头山羊,倔得像头驴。

女人高声问:"梅里克老爷,这次想吃点什么?"

"托德夫人,给我们上点牛奶就行,不来点美味的牛奶,我们真没法坚持到家喽。"

托德夫人忙说:"昨晚挤的牛奶,这会儿喝刚刚好。你们等着,我去拿。"说完,她麻利地跑回了屋里。

就在这时,桌边的年轻人举起了杯子,大喊道:"老板,再来一杯!"

老板拉长脸,转过头来,瞅了眼年轻人,又转回头去,继续打量梅里克一行人。见老板不理他,年轻人一下站了起来,把杯子往老板手里一塞,然后把他身子一扳,指着门口,道:"去拿牛奶。"

这次,老板终于动了,只是动作僵硬,活像个木偶人。马车里的姑娘们没忍住,一个个咯咯地笑起来。

约翰舅舅也被逗乐了,他强忍住笑,对年轻人说:"先生,您第一次来吧。怎么样,这里的牛奶是不是天下第一?"

约翰舅舅的语气很亲切,虽然年轻人穿得那么破烂,但约翰舅舅并没有因此而轻视他。

听了这话,年轻人再次站起身,脱下帽子,对约翰舅舅鞠了一躬,却并没接话。

很快,托德夫人就回来了,后面还跟着个脏兮兮的女人。她俩抬着一大桶牛奶,拿着盘饼干,还抱着几个大玻璃杯。

老板娘笑着说:"梅里克先生,牛奶单喝不好,加盘饼干吧,您肯定不在意这几个钱。"

不一会儿,老板也回来了,把杯子往桌上一放。年轻人探头瞅了瞅杯子,见只有半杯奶,不满地皱起眉头。他一口气把牛奶喝了个干干净净,然后又粗声粗气地说:"满上。"

托德先生摇摇头,说:"没了。"

托德夫人正给富人们倒奶呢，听见动静，扭头看了看，说："给他满上吧，幸运托德。"

听了这话，老板低下头，认真算了算，倔强地说："不行！这家伙就付了十个子儿，不能再给了，再给就超了。"

托德夫人耐心地说："这年头，牛奶不值钱。快，幸运托德，给他满上。"

帕琪喝着冰冰凉、滑溜溜的牛奶，舒服地笑眯了眼。这时，听到老板娘的话，她抬起头，好奇地问："老板娘，老板为什么叫幸运托德啊？"

老板娘哈哈大笑，答道："娶了我，他可不就幸运了嘛！"她眨眨眼睛，接着说："没了我，托德就活不下去啦。"

话音刚落，老板又回来了，手里端着一整杯牛奶。这次，他没把杯子递给年轻人，而是说："你先把钱拿出来看看。"

姑娘们兴致勃勃地朝这边看着，她们突然发现，年轻人的脸蛋更红了。他没说话，只是在口袋里掏啊掏，掏出四个铜板，"啪嗒"放在桌上。然后，他又换了个口袋，掏啊掏，掏出一个硬币，放到老板面前。

托德数了数，摇摇头，说："还差一个铜板！"

年轻人又开始掏啊掏，这次，他掏了好久，姑娘们几乎以为，他口袋里只有洞，没有钱了。还好，他从身上又掏出了个铜板，递给老板。这下，老板总算放心了，把牛奶给了他，瘪着嘴说："尊敬的先生，您还要点别的吗？"

年轻人抬抬眼皮，说："那敢情好，就来份晨报吧！"

这下，除了托德，大伙儿都被逗笑了。约翰舅舅拿出两枚银币，递到托德夫人胖胖的手里，吩咐托马斯套好马，准备上路了。

老胡克边赶马车边说："这年轻人真看不透，他到底是流浪汉，还是造纸厂的工人呢？唔，他身上有钱，我想，多半是个工人吧。"

这时，坐在他身后的贝丝开口了，说："胡克，这次你可错了。你有没有注意他的手啊？"

老车夫回答道："没有，贝丝小姐。"

"他的手指细细的，看起来很灵活，怎么可能是工人呢？"

亚瑟·威尔登笑了，说："又细又灵活，听起来倒像个贼。不过，这荒郊野岭，哪有什么可偷的。要我说，没准是个绅士呢。"

帕琪若有所思地说："他的脸倒是挺好看。你们一会儿说是工人，一会儿说是贼，光看外表能看出区别吗？"

梅里克先生轻快地说："当然有区别。这年轻人穿得不好，但不像个坏人，没准是个艺术家，或者是个家道中落的少爷。好了，别说他了，我们来听听新闻吧。胡克，艾塞尔和乔最近怎么样啊？"

"老爷，谢谢关心，维格先生和夫人都过得挺好。"说到这个，老车夫来了劲儿，"您也知道，前些时候，艾塞尔小姐的祖父，老威尔·汤普森过世了。剩下两个年轻人，把老汤普森那房子装修得像宫殿一样。梅里克先生，您可得好好说说他们，这样大手大脚，以后可怎么办呐！"

"别瞎操心了，胡克。这小两口精着呢，钱啊，他们一辈子也花不完。以后有了孩子，还能留下一大笔给孩子用呢。听说，罗耶尔那边开了个工厂？等等，罗耶尔在哪来着？"

"老爷，就在小比利河附近，走4英里，那有个罗耶尔瀑布。去年，有人来看这块地，说松树可以拿来造纸，就把那片林子买了下来，还建了个工厂。我听说，那营地可热闹了，有两百多个工人呢。"

帕琪惊呼道："这么多人！梅尔维尔的生意肯定好多了。"

胡克摇摇头，说："没有。老板在营地开了个商店，工人们就在那买东西。关于这事，这里的店家抱怨过许多次。不过，依我看，这俩地方分开是件好事。"

露易丝好奇地问："为什么呢？"

"那些人都是头脑简单，四肢发达。"老车夫答道，"要把那么厚的木头做成那么薄的纸，得多费力气啊。这光长力气，自然就不长心了，对吧？说起来，我还不知道纸是怎么做出来的呢。"

梅里克先生笑了，说："造纸倒不难，只要先把木头磨成纸浆，再把纸浆往滚烫的辊子里一送，纸就出来啦。造纸还是挺有意思的，我们找个时间，一起去罗耶尔看看。"

帕琪忙说："别急啊，舅舅。我们先在农场歇歇，过几天悠闲日子再说。回到这里，我真是太开心了！这里多么安宁，多么静谧啊！亚瑟·威尔登，你有没有呼吸过这种空气？这么甜，这么清新！你快闻，这松林的芬芳！还有……"

"还有一头大肿包！"亚瑟说完，马车里爆发出一阵大笑。他接着说："亲爱的帕琪，我都闻到了，也都看到了。我迫不及待想看看梅尔维尔，还有舅舅的农场。还有多远啊？"

贝丝没答话，而是轻叹一声，说："过了整个寒冬，我觉得自己被摧残了不少。还好能在这待四个月，多少能恢复一点吧。"

约翰舅舅大声反驳道："身在福中不知福！小丫头们，你们哪经历过真正的寒冬啊！再说，你们这么年轻，哪需要恢复，只管可劲儿玩就行。我敢打包票，只要你们能找到乐子，肯定天天都开心！"

听了约翰舅舅的话，三个姑娘都开始计划起来。趁着这会儿没人说话，我们来好好认识认识她们。

露易丝是大姐，刚二十岁。这年纪结婚早了些，但她还是选择嫁给了亚瑟·威尔登。这姑娘很有主意，不喜欢别人干扰她做决定。她个儿高高，仿佛弱柳扶风，显得格外优雅。她很有修养，让人如沐春风。平时，她脾气很好，不爱与人争吵，只有在危急关头，她才会露出年轻姑娘的样子，不像平常那么淡定。在小事上，她处事相当圆滑，从不在人前表达真实的想法。除了这些，她还是很可靠的，出大事儿的时候，依靠她一准没错。

帕琪丽夏·道尔昵称帕琪，比表姐小两岁，性子跟表姐大不相同。她的父亲道尔少校常说她"光长个儿，不长心"，她心直口快，常说些不合时宜的话。帕琪整个人圆嘟嘟的，不够漂亮，却胜在活泼可爱。细细一看，你就能发现，她的鼻尖儿有点翘，嘴唇厚厚的，脸上还有些小雀斑。不过，她那秀发可真好看，像是灿烂的晚霞，用她自己的话来说，这是"火红色"。除了秀发，她那双深蓝色的眼睛也让人羡慕，这双大眼睛如星星一般璀璨，闪着淘气的光芒。一看到这双眼睛，大家就会喜欢上她。

　　三姐妹里最年幼的是贝丝·德·格拉芙。她是造物主的宠儿，让人一眼看去，就会忍不住嫉妒她的美貌，这种美丽只能在大师的画作里见到。她的性格比较内敛，不像大姐那么亲切，也不像二姐那么活泼。不过，她不笨，脾气也不坏。她不爱说话，不过是因为害羞罢了。她的眼神很轻柔，时常面无表情，那是因为她总是沉浸在自己的思绪之中。大姐露易丝面冷心热，二姐帕琪古灵精怪，这个三妹却十分现实。了解贝丝的人都很喜欢她，但第一次见到她的人，却会觉得她很难接近，还会觉得她呆呆的，十分无趣。她有着超出同龄人的稳重，比起两个姐姐，约翰舅舅更加倚重她。她早年经历过一些不幸，但是，她到底是个小姑娘，在约翰舅舅的悉心呵护下，她已经开朗起来了。

　　这会儿，马车已经翻过了山顶，开始一路向下。很快，马车就来到了小比利溪前，哒哒地驶过小桥。溪边有一座古老的磨坊，过去，人们用它来磨面粉，现在，它是村庄的标志性建筑。马儿轻快地在村里穿行，这座村庄很小，路边只有几座不起眼的小屋。很快，他们就穿过了村庄，再次驶进了荒野，回到了坑坑洼洼的石头路上。

　　看着马儿小心翼翼地走着，老胡克说："这地方就是石头堆，还好有片松树挡着，不然让人看到我们这狼狈样，可就颜面无存喽。"

　　贝丝高兴地说："可我觉得景色很好，跟其他地方很不一样！"

　　她姐夫在意的不是景色，而是收成，问："这附近没什么耕地吧？"

老胡克摇摇头，说："先生，石头地里也能长出庄稼呢。从这往北走，一路到亨廷顿，还有一大片沃土。"说到这里，一直笑眯眯的老车夫回过头来，看着年轻人，说："先生，有句老话说得好，山重水复疑无路，柳暗花明又一村。"

马车上，梅里克先生和车夫坐在一起，后面坐着帕琪和贝丝，她俩中间挤着小女仆玛丽，坐在最后面的是年轻夫妇露易丝和亚瑟。

眼前的小路似乎没有尽头，正当大家怀疑要永远这么走下去的时候，马车忽然拐了个弯，维格农场顿时映入了眼帘。这座农场美极了，草地绿绿的，高大的松树像是最忠诚的守卫，保护着那座温馨的屋子。姑娘们来过，此时不约而同地欢呼起来。亚瑟·威尔登倒是第一次来，他被眼前的美景吸引了，不住地点头赞叹。

时隔一年，约翰舅舅又回到农场，激动得在位子上欢呼了起来。

老胡克把马车停在了栅栏前，这样，大家一下车，就能踏上漂亮的台阶了。马车刚停稳，帕琪就蹦了下来，紧跟在她身后的是露易丝，扶着丈夫的手，优雅地迈了出来。走在最后的是贝丝，她依然面色沉静，眼睛却亮亮的。约翰舅舅没有下车，而是让胡克驾着车，绕着农场转了一圈。他想看看奶牛和小猪，还有家禽，这些，可都是农场的宝贝。

屋子有两层，一楼是石头建的，二楼是松木板建的。小屋很精致，让人一看就喜欢。虽然建在乡下，但里面的家具都十分奢华。约翰舅舅花了一大笔钱装修，就是为了侄女们能住得舒舒服服。

第二章 梅尔维尔的访客

门廊上，一位老妇人正在静静地候着。她身穿一件干净的格纹裙，腰间系条白围裙，头上戴顶白帽子。看见大家叽叽喳喳地走上台阶，她满是皱纹的脸上绽开了笑容。

帕琪冲上台阶，一把抱住诺拉，给了她一个吻。另外两个姑娘也跟了过来，高兴地跟她打着招呼。亚瑟早听说过她，这时稳重地走上前来，紧紧握住诺拉的手，恳请她把自己也当作家人。

诺拉太太高兴极了，一连声问梅里克先生在哪。得知他马上来，她连忙转身回到屋里，开始布置餐桌。

老诺拉虽然眼瞎了，但身手却是格外的麻利。为了迎接主人，她早就备好了早饭，这时端上桌来，大家都赞叹不已。这手艺，可不逊于任何视力完好的大厨。

第三章 新事业，新起点

说起这项新事业，是梅里克先生某天早上吃饭时，灵光一现想出来的。

这天，大家吃完早饭，来到了阴凉的草地上。这里有椅子、板凳和吊床，若是走累了，随处有歇息的地方。

"大伯，在这是不是很开心？"露易丝说，"我们终于远离了城市，不用忍受机器的轰鸣声，真是太棒了！"

约翰眨眨眼说："开心极了！快看，我是不是活像只蛤蜊，笑得都闭不拢嘴啦！"他把身子一仰，把脚往小板凳上一搁，舒服地叹了口气，说，"不过呀，要是能有份晨报，就完美啦！"

贝丝若有所思地说："晨报？那个流浪汉想看报，没想到，就连地主老爷也想看报。男人怎么都这么八卦呢？"

"哎，别瞎说！"帕琪大声说，"照你这么说，这世上的人，哪个不八卦？你倒是说说，谁不读报，谁不想知道每天发生了什么？"

亚瑟·威尔登点点头说："帕琪说的没错。人们通过读报，可以学到很多常识，知道很多国际时事。要知道，报纸可是社会文明的标志，因为我们爱读报，所以我们知道更多的事情。"

听了这话，露易丝笑了起来，说："哎呀，怎么还扯到国家上来了呢。"

约翰一本正经地说："亚瑟说得没错。这里虽然很美，但待上四个月，我会很想念报纸的。报纸这东西，在城里不稀奇，在这里却成了奢侈品。"

听了这话，帕琪一下迷糊了，她瞪着圆溜溜的眼睛问："怎么是奢侈品呢？"

贝丝叹了口气，说："笨笨，这还想不通吗？你看看周围，都是哞哞叫的奶牛，哪适合办报纸啊。"

帕琪先是委屈地说："怎么不适合了。"然后，突然跳了起来，大声说："舅舅！姐妹们，我们自己来办份报纸，怎么样？"

听了这话，露易丝低声笑了起来，贝丝无奈地撇了撇嘴，亚瑟好笑地看了帕琪一眼。只有约翰舅舅没有笑，他认真地问："你打算怎么办呢？"

约翰舅舅最喜欢的，就是这种有创意、新奇的点子，因为，他最喜欢尝试前人没做过的事情。他讨厌循规蹈矩，默守陈规。他喜欢这三个侄女，也是因为她们敢想、敢做，不像其他小姑娘一样束手束脚。在这三个侄女中，他又最喜欢帕琪，她老能想出些奇怪的点子，还总能把这些点子付诸实践，这点，就算是约翰舅舅也敬佩不已。这一大家子人，论奇思妙想，谁也比不上约翰舅舅，帕琪是他的忠实拥护者，这一老一小凑在一起，总能点子不断。

在偏僻的小乡村办报，对约翰舅舅来说，实在太有吸引力了。在他看来，这事是能成的，所以，他决定要试一试。更何况，这点子是帕琪提出来的，他无论如何也要表示支持呀。

帕琪已经想好了答案，答道："舅舅，这也不难。我们可以买台印刷机，雇个印刷工，我们姐妹仨可以一起排版、编辑。我敢说，真要开始办报纸，我的文学天赋，一准能被激发。露易丝本身就是个作家，她的诗写得可好了，还写过小故事。还有贝丝……"

小妹妹接口道:"虽然我连信都写不好,但我愿意跟姐姐们一起排版编辑。"

"是呀是呀!我们一起,准能给梅尔维尔办份好报纸!"露易丝激动了一会儿,突然问,"不过,会不会很费钱啊。"

约翰忙说:"这就不是你们操心的事了。你们要想的是,一周七天办报纸,你们能不能坚持整个暑假,毕竟……"

帕琪打断了他,大声说:"舅舅,这有什么不能啊!在您的呵护下,我们一辈子都过得跟休假一样。再这么在蜜罐里泡下去,我们可要被宠坏了。您也不希望这样吧?现在能做点实事,您可一定要支持我们!要是把报纸办起来,一则可以让我们有目标,二则可以为乡亲们办好事,这样,我们会很开心的!"

"姐姐,你又开始乱讲啦。"贝丝眨眨眼,说,"办报纸是很有趣,但怎么算是做好事呢?"

帕琪捏捏她的脸,说:"瞧,舅舅是个百万富翁,他想看报纸;那年轻人是个流浪汉,也想看报纸。可见,人人都想看报纸。罗耶尔的工厂,有整整两百工人,他们在老林子里几乎与世隔绝。还有不远处的亨廷顿,也有四五百人吧,这些人没报纸看,就少了受教育的机会。我们再说说近处的梅尔维尔,那里每天死气沉沉,要是有份报纸,他们指不定会多高兴呢!所以,这怎么不是做好事呢。"

听了这话,约翰舅舅点头道:"的确如此,要我说,这里的气氛,要活泛起来喽!"

见舅舅赞同，帕琪很受鼓舞，跳起来说："我们赶紧开始吧！就叫……《梅尔维尔论坛报》，怎么样？"

露易丝疑惑道："为什么要叫论坛报？"

"因为我们三人，总要讨论着办吧。而且，等办成了，村民们可以借着报纸讨论事。所以，可不就是论坛报吗？"

约翰舅舅又点了点头，表扬道："很好，思路很清晰，帕琪。"

见这一家子把这事当了真，亚瑟十分惊讶，大声说："先生，恕我直言，可您真会办报纸吗？"

矮个儿富翁耸耸肩，说："一点也不会，不过，这样才有趣啊。亚瑟，我知道，在这过程中，我们一定会碰到很多困难。但是，等我们克服困难，把报纸办成时，那种喜悦和成就感，一定是无与伦比的。"

听到这番奇谈怪论，亚瑟说："话是没错，不过，也得真能办成啊。"然后，他转头看着妻子，问："露易丝，你想好了？真要跟妹妹们一起办报纸？"

"当然！"露易丝不假思索地答道，"帕琪这疯丫头可是第一次想出正经点子，我这个做姐姐的怎么也得支持到底啊。而且，亚瑟，这是个多好的机会啊，我写的那些诗词和小故事，终于有机会发表了！我要让那些拒绝我的大报纸看看，他们有多没眼光！"

"贝丝，你呢？"

"我也想试试。在乡下办报纸，有太多未知的事，所以有种扑朔迷离的美感，我已经迫不及待了！"

"这可不是游戏，我们要做，就要做好。"帕琪大声说，"报纸是人类文明的基石！看着报纸，我们就能知道，人们做了什么，人们可以做什么。"

亚瑟又给她泼了盆冷水，问："你有没有想过，光是办报纸的机器，就要花多少钱？"

帕琪犹豫了一下，说："怎么也得两三百吧，但是……"

亚瑟乐了，说："傻孩子，两三百哪够啊！"

帕琪还想争论，却被约翰舅舅打住了，他坚决地说："钱的事不用你们操心，我给你们置办机器，就算是我入股了。你们要真想办好报纸，我怎么也得支持你们啊！"

"舅舅！您真好！"

"我们！我们想！我们一定办好！"

帕琪连忙说："那就这么定了！舅舅，机器多久能运过来啊？"

梅里克先生想了一会儿，说：

"镇上有个杂货铺，那里有长途电话。我驾车过去吧，给道尔少校打个电话，让他帮忙，把东西备好寄来。"

帕琪吓了一跳，大喊道："别啊！别跟爸爸说，他会以为我们都疯了的！"

亚瑟见她像只惊慌的小兔子，笑着说："道尔少校果然是明智的。"

"而且，我想等报纸办好之后，寄给他一份，给他个惊喜。"帕琪不好意思地说。

梅里克先生说："好，那我去找我的银行家马尔文帮忙。他应该不会觉得我们疯了，行动也会更迅速。帕琪，去找胡克，让他把车套好，我亲自去打电话。"

贝丝忙说："我们跟您一起去。"

露易丝也说:"带上我们吧,这过程,我们一步也不想错过。"

约翰点点头,同意了。帕琪忙跑出去,让胡克把马车备好。然后,三姐妹和约翰舅舅一起,坐着马车到镇上去了,只留下亚瑟一个,不以为然地摇着脑袋。他一点也不赞同这事,但他知道,不管他怎么反对,这一家子都听不进去了。

"这老人家,怎么跟帕琪和贝丝一样胡闹,根本就像小孩一样嘛!"他困惑地想,"真搞不明白,这样的人,是怎么变成百万富翁的。"

第四章　梅尔维尔的居民

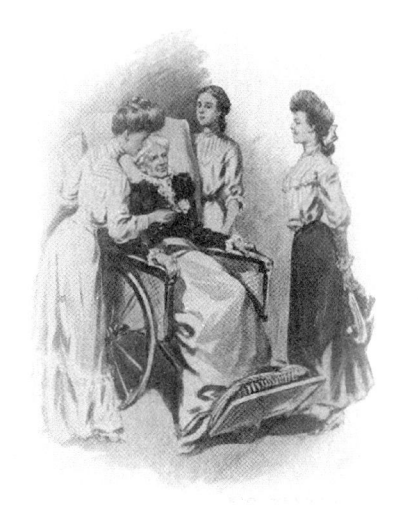

趁着叔侄几个在路上，我们先来了解下梅尔维尔。

在梅尔维尔，有两家顶重要的店铺，一家是鲍勃·韦斯特开的五金店，另一家就是梅里克先生要去的杂货铺，店主叫科丁。这是座小镇，人口不多，空闲的时候，大家都喜欢去杂货铺逛逛。杂货铺的一边是邮局，另一边是电话亭。这个电话亭，在乡亲们心里可是了不得的东西。偶尔，会有人来这里，打个电话去路口小站，说点小事。以前，除了地主一家，从没有人用这电话打过长途。最近，工厂的厂长来看了看，把电话线接到了他的办公室里。这下，电话亭就更了不得了。

这会儿，叔侄几个已经到了梅尔维尔。约翰舅舅刚走进电话亭，地主一家来了的消息，就传遍了整个小镇。最先发现地主的是斯基姆·克拉克，他是克拉克寡妇的独生子。约翰舅舅到的时候，他刚好在店里，连忙跑了出去，一边跑，一边大喊："地主老爷往纽约打电话啦！"

小镇一下炸开了锅。玛莎·麦克马洪·麦克纳特，他被大家亲切地称为"佩吉"，这人出名的原因有点倒霉，他的腿被割草机卷了进去，就这样没了只脚。他在这个镇上，可是角色多多。他是专业的房地产商、马医、养鸡人、算命的，还是业余的书商、卖保险的、卖药的、水果商。听到喊声，他一下蹦起来，关上门，单腿跳着往杂货店跑去，这热闹可不能错过。铁匠赛斯·戴维斯扔下手里的东西就往外跑。药剂师尼布·科金斯匆匆把门一锁，也往杂货店跑去。很快，围观的人越来越多。出租马车的尼克·汤姆来了，擅长木工的手艺人朗·塔夫特也来了，还有磨坊主西拉斯·卡德威尔，他一再向大家声明，自己刚从磨坊回来，正好在这个时间路过这个地方。

萨姆·科丁一点也不喜欢地主一家，这些人没来之前，他是镇上的风云人物，可现在，他的风头全被抢光啦。不过，他对小姑娘们还是不错的，给她们一人搬了个板凳。姑娘们优雅地向他道了个谢，店主心里的不喜就全都消失了。

看见人们都来围观，三姐妹忍不住笑了起来。这些人她们都认识，趁着舅舅打电话这当儿，她们向他们点着头，打着招呼。看见城里姑娘，淳朴的镇民们羞红了脸，都扭捏起来。大家偷瞟了眼姑娘们，就全都看向了电话亭里的地主爷。咦，地主老爷似乎在大声讲话，他们赶紧竖起了耳朵，只可惜玻璃太厚，他们一个字也听不见。

对乡亲们来说，往纽约打电话，那可是大事儿。他们交头接耳，低声猜测着，这么一通电话得花多少钱。

"只要接通就是一美金！"佩吉低声对奈德说，"我赌一盘饼干的钱，这么一下子，准得花两美金！啧啧，地主老爷真是的，干吗不把打电话的钱省下来给穷人呢！"

旁边的尼布听到了，悄声笑道："你是说给你吧，嗯？"

佩吉撇撇嘴，说："我可不就是穷人嘛！你说，见过我花一美金打电话去纽约吗？这简直是拿钱打水漂嘛！"

先不提外面的人嘀嘀咕咕，里面的梅里克先生已经打通了电话。

"马尔文，帮我个忙！找城里最好的供应商，让他们给我发一套印报纸的机器来。就要最新的那种，对了，要有别的机器能派用场也一起寄过来。然后去找科里根，就是管铁路的头头。跟他说,用最快的火车,把货物运到沙齐路口来。一般的火车头要运一礼拜,我可等不了那么久。所有费用都记在我账上,钱不是事,关键是要快。明白吗?"

"明白,先生。"电话那头说,"不过,办报纸的机器挺贵的,您确定要最新款吗?"

"就要最新款,你只管买了送来就行。"

"没问题。不过,您想印多少页的报纸,我好告诉供应商要多大的机器。"

"稍等,我问问。"约翰舅舅捂住话筒,打开电话亭的门,问,"帕琪,你打算印多少页?"

"多少页?我想想……四页吧?"她转头看着姐姐,问,"露易丝,你觉得呢?"

露易丝想了想,说:"这地方不大,四页足够了。"

约翰接着问:"那每页出多少专栏呢?"

"六到七个吧,一般都这样,对吧?"

"好。"约翰点点头,扭身把门关上了。

约翰舅舅和姑娘们讲话的时候,镇上的人看看天,看看地,竭力假装毫不在意。不过,一只只竖起的耳朵出卖了他们。红红的耳朵尖儿似乎在说:"我主人都乐疯啦!"对于他们来说,这段对话简直是天方夜谭。不过,关键字他们听清了,"印""页""专栏",这些词只能说明一样东西!虽然他们还没搞清到底是什么,但一定很了不得。镇民们对梅里克一家这么感兴趣,并不仅仅是因为他们有钱,还因为他们老干些怪事。用佩吉的话来说,就是"尽是荒唐事,让大家一边好奇,一边担心被他们炸飞。"

尼克耷拉着脸说:"住这真没意思,就连造纸厂,也没让大家多点乐趣。让地主折腾也好，反正他不会干坏事。"

这时，门又开了，梅里克老爷问了句更怪的话：

"孩子们，你们需要铅版机吗？"

帕琪疑惑地眨眨眼，露易丝和贝丝也呆了。好一会儿，帕琪才沮丧地说：

"那个铅……铅机？用得上的话，就也买了吧。"

没几句话的工夫，门又开了，梅里克老爷再次问道：

"要什么动力的？蒸汽？电力？"

帕琪已经放弃了，看着她迷茫的眼神，贝丝忍不住笑出了声，露易丝却皱起了眉头。

梅里克老爷见侄女们没听懂，解释道："就是靠什么让机器动起来。"

帕琪不好意思地说："舅舅，这个我们真没想过，您看用什么合适？"

梅里克老爷靠着门，想了想，然后看了眼围观的镇民。这些乡亲们眼巴巴地看着他，一个个眼睛晶晶亮。他灵光一现，问：

"科丁，那个造纸厂用的什么动力？"

镇民们七嘴八舌地答道："电！是电！"

"咳咳！"科丁装模作样地清了清嗓子，慢慢说："先生，他们用罗耶尔瀑布发电。据斯基狄先生说，发的电能供方圆10英里的村庄用呢。这么多电，供一个造纸厂，自然不在话下。"

"斯基狄是谁？"

"是造纸厂的经理，也是合伙人之一。"

"他有电话吗？"

"有，梅里克先生。"

"谢谢你。"

说完，约翰舅舅又把门一关。这次，他要给斯基狄先生打个电话。

五分钟后，他和斯基狄先生商量定了，就又给马尔文打了个电话，告诉他，自己要套用电的设备。等他把一切交代完，约翰舅舅又给道尔少校打了个电话，他需要妹夫帮忙，运4英里的电缆过来，还有配套的设备和变压器，再派几个人过来，把这些东西装好。

少校无奈地在电话里问："约翰，你又想干什么？"

"问那么多干嘛，格里高利，办好就行。"

少校不依不饶地问："难道你想把农场烧了，把黑夜变成白天？"

"哎呀，这是帕琪的小秘密，我怎么能告诉你！"梅里克先生打了个哈哈，"赶紧办，等你7月放假来找我们，就知道是怎么回事啦。"

打完电话，梅里克先生想了想，确定已把一切交代完，这才走出电话亭。他把萨姆叫了过来，把电话费付给了他，一共是3美金80分。看见这钱，围观的人齐齐倒吸了口凉气。目瞪口呆地看梅里克一家走远了，磨坊主西拉斯这才郑重地说：

"天啊，谁说讲话不要钱！看着吧，照他这种花法，金山也得花没了！"

听了这话，佩吉笑了起来，大声说："你是不是傻！乔·维格说，梅里克老爷的钱一辈子都花不完。那老爷说，钱这么多，晚上睡不好觉，光想该怎么花了。要我说，我有法子，把钱给我，我帮他花！保他夜夜睡得好！"

朗摇摇头，说："佩吉，你别做梦了。这富翁确实大手大脚，但他不会白白送钱给你。瞧，我给他干了好多活，除了工资，他一毛钱都没多给过。"

佩吉叹了口气，说："看来，要想从他那弄点钱，除了抢，就只能老老实实干活了。你们说，他们这是要干吗啊？我听着像要印东西。"

"没准是要印信纸呢。你也晓得，这些富人，老喜欢小题大做。"尼布说道。

萨姆翻了个白眼，说："动动脑子吧，一共四页，一页六七栏，这能是信纸吗？明明是报纸！"

听了这话，大家都沉默了，瞪大了眼睛看着萨姆。

过了好一会儿，斯基姆才有气无力地说："伙计们，看来，他们真想在梅尔维尔办报纸啊！完了，这下真完了！"

第五章 分工合作，各司其职

且不说镇民们议论纷纷，此时，梅里克一家已经回到农场，开了个小会。

帕琪率先说："我们是不是得分工？这样，大家才能最快最好地把事办完。我看，露易丝可以当文学编辑，还有社交编辑。怎么样，不错吧？"

露易丝摇摇头，说："这地方没有社交，哪需要社交编辑啊？"

"哎呀，你不能这样想嘛！"帕琪摆摆手，说，"你看，不管一个社区多小，总有些集体活动吧？比如说，舞会啦、祷告会啦、洗礼啦，这些都可以放在本地专栏里。再比如说，鲍勃·韦斯特卖了把犁出去，我们可以把买家的名字也写上去，这也算社交啊。还有，如果有人要结婚，我们可以起两行的标题；如果有人要生孩子……"

"我们可以把宝宝的照片刊上去？约翰舅舅，你怎么看？"贝丝说完，扭头去看舅舅。

梅里克先生笑着说："这主意好极了！我们不仅要刊本地新闻，还要刊国际新闻！"

亚瑟又开始泼冷水，只听他说："我们上哪搞国际新闻去？"

姑娘们也开始犯难，是啊，上哪搞去呢？

梅里克先生呵呵一笑，说："我当然有法子啦。明天，我就打电话给电报公司，让他们从沙齐小站把线接到这里。然后，再聘个小姑娘，专门负责从纽约接电报。"

贝丝眼睛一亮，但是，她又想到个问题："谁从纽约给我们发新闻呢?"

"美联社?或者别的报社。"梅里克先生想了想,说,"明天,我给马尔文发封电报,让他帮忙安排一下。"

亚瑟吹了声口哨,说:"又一大笔钱没了。"

梅里克先生看了侄女婿一眼,好笑地说:"你怎么跟马尔文一样。昨天我订机器时,他就劝过我,说怎么也得花好几千吧,还说在梅尔维尔这小地方,花这么多钱不值。"

贝丝连忙问:"那您是怎么说的?"

"我说,报纸办好了,我肯定会高兴,这样,花再多钱也值了。虽然做慈善花了些钱,道尔少校拿去乱投资了些钱,我还是一天比一天富。说实在的,办报纸花的这些钱,倒让我松了口气呢。我宁愿多花些,省得我老发愁,这么多钱该怎么花完。"

听了这话,亚瑟笑了起来。

他说:"既然您这么说了,我也就不反对了。我敢保证,您一收到账单,就再也不会发愁啦。"

露易丝拍拍手,把话题拉到了办报纸上:"大伯,我们是不是还得建个办公室啊?"

梅里克先生点点头,说:"当然啦,我们得把机器都放在办公室里。没有合适的地方,我们就只好建一个。"

"建房子得花多久呀!"帕琪抗议道,"我们还是把畜棚当办公室好了。"

梅里克先生忙说:"不行,牛羊没了家,岂不是要热死?我们还是到镇子上,看看有没有合适的房子吧。"

"肯定没有。"贝丝皱起了眉头,说,"镇里就那么几座房子,都有人。"

帕琪眼睛一亮，说："不如搭个帐篷吧！"

约翰舅舅说："快别异想天开了，我们还是先去镇上看看吧。得找座大房子，那些机器一车厢都放不下呢！马尔文说，他得发两车厢货来。"

"两厢机器？那纸呢？"亚瑟问道。

"哎呀，这事儿我给忘了。"约翰舅舅一拍脑门，问："帕琪，你们每天要印多少报纸？"

小姑娘歪着脑袋算了起来："罗耶尔有200人，亨廷顿有400人，梅尔维尔有……"

"就算十五个人吧！"约翰舅舅草草一加，说，"要印615份。"

"还有农民！"帕琪接着说道，"乡下至少有150个农民吧！都加起来，是……"

露易丝笑着说："765份。"

"等等！"亚瑟忍不住喊道，"这也太多了吧。你能保证人人都订报纸吗？"

帕琪的小脸一下涨红了，她有些底气不足地说："那……你觉得印多少合适？"

"每份4页，每页6栏，对梅尔维尔说，这量够大了。"亚瑟一边想，一边说，"姑娘们，第一期就印400份吧。把这些当样品，免费发给方圆5、6里的人家。等他们读过之后，觉得好，自然就有人订阅。对了，每份报纸多少钱？"

帕琪看向舅舅，问："多少钱合适呢？"

说到定价钱，可是约翰舅舅的专长，他说："1美分差不多了。这样，一个月是30分，一年就算3块5，穷人家也能负担起。"

帕琪煞有介事地点点头，说："我也这么觉得。"

露易丝犹豫了一下，说："1分钱也太掉价了吧。我想把诗都发上去呢，这些诗，怎么也值每份5美分吧？"

约翰笑了，说："亲爱的，你的诗可不只值这么点。不过，你要想，这些人穷惯了，不会轻易花钱去读报纸的。对他们来说，每月30分都不是小钱呢。而且，纽约那么多报纸都只卖1分钱，那些报纸也不掉价啊。"

帕琪天真地问："这样就能把本钱挣回来吗？"

约翰舅舅尴尬地咳了咳，好半天才答道："要看有多少人订。而且，一份报纸挣不挣钱，主要看有没有广告商。"

贝丝认真地说："这是唯一的报纸，梅尔维尔和亨廷顿的商人肯定会抢着发广告。我们还可以问下少校，他能联系纽约的商人。"

帕琪恍然大悟，说："原来如此！问题解决了！"

看着小姑娘们，亚瑟乐了。约翰舅舅看着侄女们认真的样子，脸上笑开了花儿。

露易丝问道："帕琪，那你看，我们能挣到钱吗？"

"只要我们尽心尽力，当然可以啦！"帕琪自信地答道，"不过，咱们分钱之前，得先把约翰舅舅的钱还了！"

贝丝叹了口气，说："姐妹们，我们又不是为了挣钱。我们是为了找找乐子，提升自己，做点好事。要是卖1分钱都能挣钱，那我们不如再卖便宜点。"

约翰舅舅拍拍她的头，说："不能再便宜啦，后续还有很多花费呢。而且，再便宜，别人就会不把报纸当回事啦。"

"好吧。"贝丝乖巧地点点头，问帕琪，"那我负责什么呢?"

帕琪迫不及待地说:"你数学好,就给我们管账,怎么样?"

贝丝一口回绝:"太俗,我不想一身铜臭味,让我也负责文学方面的事吧。"

帕琪噘起嘴,想了想,说:"那你负责体育新闻吧!"

贝丝无奈地说:"梅尔维尔哪有体育新闻啊!"

"有!"帕琪说,"偶尔会有球赛,昨天还有人投铁圈呢!而且,贝丝,目光要放长远。我们又不是只报道梅尔维尔的事,还有全世界的事呢!你要整理电报,把全世界的体育赛事都放进一个专栏里。对了,你还可以负责宗教专栏!"

她又想出了个新点子,拉着舅舅的手说:"我们请个有名的牧师吧!每周六办个布道专栏,这样,没时间去礼拜的人,就能在报纸上看布道了。"

"这个简单。"约翰舅舅答应了,又问,"你们说的都是好消息,那坏消息呢,犯罪啦、谋杀啦……"

"停停停!"帕琪大声说,"这种读来就害怕的消息,我们报纸不登。这里的人很单纯,别带坏他们。"

亚瑟笑了,说:"报纸不登这些,那可就无聊透了。要知道,人们就喜欢看他人的不幸,这样,他们才会觉得自己的生活很幸福。"

"胡说!"帕琪反对道,"简直是歪理邪说。梅尔维尔论坛报要教人们好,登这些消息,只会教他们坏。我是责任编辑,不许报纸上出现这种消息!"

露易丝问:"那办公室也是你负责了,亲爱的?"

帕琪点点头,说:"没错!我还要负责……审稿!还要当新闻总监！唔，在这方面，我比你们经验多点。"

露易丝疑惑地问："你哪来的经验？"

"我读的报比你们多嘛！"帕琪清清嗓子，严肃地说，"我已经计划好了，不做刺绣，也不读小说，不写八卦的信了。我要一心一意办好这份报纸！姐妹们，既然要做记者，我们就要做到最好！要比全职的记者更好，这样，约翰舅舅才会骄傲！我们要用心办专栏，好叫大报纸也引用我们的话。这样，我们就能名扬天下！"

"亲爱的，给我拿块糖来，我要冷静下。"露易丝叹了口气，说，"你这丫头，真是人小心大。"

"有志向是好事。"约翰舅舅乐呵呵地说，"你们都是聪明孩子，肯定能办好。"

贝丝一直在旁边想着什么，这时突然说："报纸不需要插图吗？我看，如今的报纸都有配图，还有关于时事的漫画。"

"能雇人画吗？"帕琪看着约翰舅舅，为难地说，"我们三姐妹，画画都不好。而且，要开始学画，也太费时间了。"

"嗯，看来我们还得雇个画家，我让马尔文帮忙物色个合适的。"约翰舅舅一边说，一边把这事记在了本子上。

姐妹们没想到，办个报纸竟有这么多细节要考虑。要不是舅舅早早订下机器，没准，她们一个害怕，就不打算办了呢。现在，水泼出去就收不回来了，她们都倔得很，不做出点成绩是不会罢休的。

"姐妹们。"帕琪昂着火红的小脑袋，说："办报纸这事，我们必须认真对待。回想过去几年，我们一直吃喝玩乐,从没有过这样艰巨的任务,这样宏大的目标,毕竟,印刷机的能量是无法估量的。"

最小的贝丝没理解"印刷机"的意思,不过,她还是认真地点点头,说:"印刷机没能量,哪能把字印清楚呢。"

帕琪没理她,而是继续慷慨激昂地说:"沙齐郡的人太无知,我们必须成为他们的精神导师。在这片昏暗的土地上,成为指引他们的明星。我们要引导他们关注政治,教会他们管理农场,让他们知道,这世界日新月异,正在不断地改革!"

"说得好!这段话可以当创刊词!"露易丝赞赏地看着妹妹,拍手说:"帕琪,这段话你能背下来吗?还是要我现在就记下来?我尤其赞同,要教会他们管理农场,这是大多数村民关注的问题。"

"先别急着记下来。"帕琪得到表扬,开心极了,她说,"让我再改改,保准让你们眼前一亮。姐妹们,你们有什么想法也快写下来吧,想法越多,读者就越受益!"

贝丝干巴巴地说了句:"可我们还没有读者呢。"

"让我成为你们的第一个读者吧!"约翰舅舅拍拍贝丝的头,说,"我准备订十份,寄给城里的朋友,他们也需要读报。我先替他们把钱付了,等碰到他们再说。"

这下,三姐妹开心极了,报纸还没办,就有了10份的销量。

亚瑟也配合说:"那我也订5份吧,订一整年哟!"

帕琪说:"别急,你可是员工之一。"

亚瑟吓了一跳,问:"我是员工?"

"没错!"帕琪认真地说:"我们三个姑娘当编辑,还需要个男人当主编,你最合适。"

"可是……"亚瑟犹豫了一会儿,问,"你们不会把我的名字印上去吧?"

"当然要印上去。别急,这可不是丢脸的事,我们《梅尔维尔论坛报》可是好报纸。不仅是你的名字,我们仨的名字也会印上去,这样才公平。到时候,就这样写:亚瑟·威尔登,总经理及主编;P·道尔,新闻编辑;L·梅里克·威尔登,社交编辑及文学编辑;E·德·格拉芙,体育编辑及财务总监。瞧,只把首字母印上去,就不会有人怀疑我们是女孩了。"

亚瑟眨巴着眼睛,说:"梅尔维尔的人一眼就能看出来。其他地方的人嘛,取决于报纸办得怎么样了。"

"体育编辑及财务总监,听起来好奇怪啊。"贝丝不情愿地说,"不如叫我特色编辑好了。"

露易丝迷茫地问:"可是,我们有什么特色吗?"

亚瑟开玩笑说:"当然有,比如说,贝丝的眉毛啦、帕琪的鼻子啦、还有……"

"打住!先生!"帕琪生气地瞪着他,说,"说正事,别开玩笑!这里肯定有不少特色新闻,贝丝这主意不错。亚瑟,你是我们名义上的领袖,管广告和管订阅的事就交给你了。"

"好,不胜荣幸。"亚瑟好笑地说。

"你可以和露易丝一起到镇子里去,劝人们订报纸。还可以写信给大制造商,比如说卖肥皂的啦、卖早饭的啦、卖粉的啦,邀请他们来登广告。要是你拉来的客户多,我们的报纸还能做大。"

亚瑟鞠了一躬,说:"是,道尔小姐,遵命。"

他们讨论了一整晚,安排细节,讨论计划,就连约翰舅舅也精神奕奕，高兴地预言，《梅尔维尔论坛报》准能一炮走红。

后来，夜实在深了，姑娘们纷纷睡觉去了。男子汉们坐在房里，抽着烟聊天，这时，亚瑟问："舅舅，您怎么想的。这么疯狂的想法，您居然会支持？"

富翁抽了口烟，"吧嗒"吐了口气，说："我是在教导姑娘们呢，让她们自强自立。我想激发她们的灵感，让她们尽情展现才华，顺便学些商务知识。不管报纸成不成功，她们只要努力去做，这就够了。"

他停了一会儿，接着说："只要对她们有好处，我就觉得钱花得值。这个主意很好，肯定会有困难，但正好能给她们克服困难的机会。我对她们有信心，这次过后，她们肯定能成长起来。"

见亚瑟不说话，老头儿敲了敲烟斗，说："我身家很多，总有一天，这些姑娘们会继承一大笔财产。我得趁身子还好，多教她们点东西，日后，她们才不至于守不住这笔钱。"

"我懂您的意思了。"亚瑟斟酌了一下语句，说，"可是，任由她们胡闹，您肯定会损失一大笔钱。"

"孩子，你是好意，我知道。"约翰舅舅意味深长地说，"不过，有失才有得。我会给她们提供设备，但是运营费用我就不提供了。如果她们在经营过程中亏了钱，就得拿自己的零花钱补，要是零花钱不够，她们就得当掉珠宝还上。除非真的走投无路，我是不会插手帮她们的。这样，她们以后再投资，就会三思后行。这种教育方式，不错吧？而且，有正事儿忙，她们肯定会很高兴，那就行了。"

第六章　工厂经理斯基狄先生

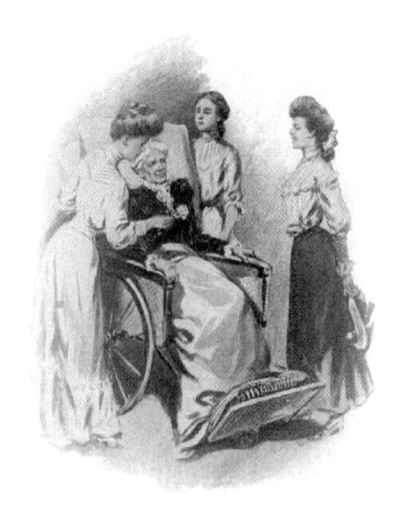

第二天一早,一家子又来到了镇上。他们慢慢驾着车,在街上一边溜达,一边物色合适的房子。帕琪画了地图,每条街道都一目了然:一共有12座房子,这些房子似乎都住了人。

很快,他们就来到了五金店,业主韦斯特先生正站在门口抽烟。韦斯特先生是镇上的重要人物,他又高又瘦,灰色的眼睛冷冰冰的,戴着副沉甸甸的眼镜。镇上其他人都叽叽喳喳的,他却常常一言不发。

韦斯特先生早年丧妻,没有孩子,也没什么亲戚,孤零零地住在五金店楼上,不会做饭,就顿顿去旅馆吃。

梅里克先生来镇上之前,韦斯特先生是最富有的人,他脑子灵活,生意并不局限在小小的五金店里。不过,他再怎么富有,也没法跟这位百万富翁比。镇上的人尊敬他,不是因为他有钱,而是因为他看上去就很威严。

看见他,约翰舅舅把马车停了下来,探头跟他打招呼:"韦斯特!我家姑娘们打算在镇上办份报纸。"

高个商人摘下帽子,鞠了一躬。

约翰舅舅也没等他回答,就接着说:"是份日报,要办出来,需要很多机器。我在找间大房子,要能放下所有机器那种。"

韦斯特从街头看到街尾,又从街尾看到街头,然后摇了摇脑袋。

他说:"街上很空,但房子不空。实在不行,你可以买下磨坊,改成办公室。卡德威尔最近生意不好,你要买的话，他会很乐意卖给你的。"

"不行不行。"帕琪连忙摇头，说，"里面又是粉又是尘，一辈子都打扫不干净。"

约翰舅舅四处瞅了瞅，指着五金店旁的小棚子说："那是装什么的？"

韦斯特顺着他的手一看，说："都是干农活的机器。近年收成不好，里面几乎是空的。之前的陈粮也被我清出去了。你们可以先用用，但明年春天，我得拿它装东西。"

约翰舅舅高兴地拍着手说："没问题，我们就用一个暑假。你那棚子有顶吗？"

"那顶可结实了，就是光线不太好，只有扇小窗户。"

"这倒不是事。"约翰舅舅跟韦斯特商量道，"这样吧，我先租6个月。要是成功了，我就建座新房子，把机器都搬走。不成功也没事，我们肯定会把棚子还给你。"

韦斯特仔细想了想说："棚子在房子后面，待会我去把东西挪出来，你们就能用了。那地方拿来当办公室也不错，重新装修下就行，费用你们自己出。"

"感激不尽，先生！"约翰舅舅开心地大声道，"我这就去找朗·塔夫特来装修，你知道他在哪吗？"

"平常这时候，他都在旅馆打台球，您去那找找吧。"

"好，我去找找看。话说，你觉得办报纸这事怎么样？"

老商人犹豫了一下，说："您那三位侄女，不管要做什么，都一定能做好。一般人要想在乡下办报纸，肯定会亏本。不过，这对您不成问题。只要有钱，什么事办不成！"

听了这话，露易丝微笑着说："先生，我们是从内容上吸引人，不是用钱吸引人。"

"当然！"商人连忙说："我绝对支持您，所以我打算订一份。小姐们，这点子妙极了，一定会让梅尔维尔出名的。"

这话说得约翰舅舅心里甜丝丝的，看见商人鞠了个躬走开了，他乐呵呵地对侄女们说："我们运气不错，找到这么好的地方。我先给马尔文打个电话，让他置办点东西，然后就去找木匠。"

长途电话里，马尔文告诉约翰舅舅，机器已经订好了，这会儿正在装车呢。

"我还订了个马达，周一早上就能运到，供应商还派了三个人，过来帮忙安装。对了，先生，他问您有没有安排好工人。"

"这里一个印刷工都没有。"约翰舅舅答道，"你问问，需要多少个工人，雇了一起派过来。对了，最好选能力够的姑娘。毕竟，这是份姑娘家的报纸，男人越少插手越好。"

"明白，先生。"

接下来，约翰舅舅又说了些必备的东西，让马尔文去订，顺便让他问问供应商，还缺什么，直接买下送来就行。

这通电话打完，叔侄几个就去了旅馆，找到了木匠朗·塔夫特，让他在棚子的每面墙上都添一排窗户，再做块招牌，放在棚子前面。

机器订好了，办公室也装修好了，大家开始忙碌起来。

第二天一早，电工就来了，要把电缆从造纸厂接到办公室。

约翰舅舅决定去趟罗耶尔,跟经理确认一下当初商讨的细节。

他拉上亚瑟,两人挤辆小马车,一路磕磕绊绊往罗耶尔去了。

一到罗耶尔,两人就惊呆了。要知道,以前这里没人,现在却多了这么大片现代工厂。纸浆厂很漂亮,就地取材,是用松木板和鹅卵石搭起来的,占地很广,里面很宽敞。纸浆厂旁边就是造纸厂,纸浆被运到这里,然后压成纸张。

围绕着这两座巨大的建筑,零星分布着60来座小平房,这是工人住的地方,虽然用的是粗制木板,但很整齐,看起来很可爱。

小平房中间有家商店,里面提供所有的日常用品,不用付现金,买什么直接从工资里扣。瀑布旁边,就是发电厂。轰隆隆的水倾泻而下,给工厂提供动力。

在空地的边上,就是经理办公室。

一走进办公室,他们就发现,里面人人都在忙碌。三四个面色泛黄的姑娘,正噼里啪啦地敲着打字机;高高的桌子后,坐着两个会计,其中一个是熟面孔,让约翰舅舅吃了一惊。原来,是那个流浪汉。

这会儿,他看起来像个正经人了。那件破烂衣服已经不见了,取而代之的是件卡其黄外套。这种外套商店有卖,工人们几乎人手一件。乱糟糟的头发也修剪过了,之前懒洋洋的神态也消失了,现在,他看起来很谦和,也很有教养。

他显然是认出了梅里克先生,笑着跟他打了个招呼。

斯基狄先生不在外面这间屋里,他在角落建了个私人办公室。约翰舅舅敲了敲门,然后带着亚瑟走了进去。

经理个子不高，微胖，看起来四五十岁。一双黑色的小眼睛亮晶晶的，一看就很精明。看见他们，斯基狄先生连忙丢下手里的活，站起来给客人们让座。

他一点也没客套，开门见山地说："您是梅里克先生？我记得您要买电，哈哈，正好我们有卖。您想买多少？"

"我不知道具体数字。"约翰舅舅答道，"我们要在梅尔维尔办个报纸印刷厂，需要多少就买多少。根据您之前的建议，我已经让工人接电缆呢。"

"天啊，报纸印刷厂？在梅尔维尔？我不是在做梦吧！"斯基狄先生夸张地大喊道，"梅里克先生，我听说过您，有名的富豪。可您是怎么想的，在这破地方办报纸，还不如把钱直接扔水里呢。"

约翰舅舅看了眼经理，平静地说："斯基狄先生，我可不会对您的工厂评头论足，也不会管您怎么花钱，当然，前提是您能挣到钱的话。"

听了这话，经理一点也没生气，只是笑着说："有付出就要有回报，这是我的信条。"

"看来，比起付出，你更追求回报。"

"当然了，我是商人嘛。"经理说，"这样吧，您的报纸办出来，要是不贵，我也订一份。"

约翰舅舅笑了，说："那敢情好。对了，我事先跟您打声招呼，将来，我的侄女们或者其他负责人，会来这里劝工人们订报纸，还请您到时多关照下。"

斯基狄先生笑了起来，说：

"先生，我这里都是外国工人，英语都说不好，更别提看报了。"他停下来想了一下，说，"不过，只要您的报纸有趣，有几个人没准会订。在这么偏的林子里，工人都快无聊死了。有份报纸也好，要是多报道点社会新闻一类的东西，他们会更喜欢。"他想了想，说，"这样吧，我给工人宣传宣传，要是有人订，就直接用工资付钱。"

约翰舅舅说："便宜着呢，1分钱1份，一个月也就30分。"

"你们负责送到这里？"

"没错。"

"那行，我付您20分，剩下10分当回扣。"

"没问题，斯基狄先生。对我们来说，订阅量比挣的钱重要，您可一定要尽力帮忙啊！"

聊完之后，他们坐下来，签了份合同，斯基狄先生借机狠狠宰了一笔。

供电的问题总算是解决了。一切谈妥，约翰舅舅就带着亚瑟回家去了。

车上，亚瑟恨恨地说："这家伙真不是好人。"

"是啊，他是个奸商。"约翰舅舅叹口气说，"他给的工资低，而且工人们只能从他那买东西，所以他开什么价都行。唉，难怪工人们不满意。"

第七章 插画家

接下来的三天里，梅尔维尔发生了很多事，从造纸厂牵了根电缆来，还从沙齐小站牵了根电报专线来，而鲍勃·韦斯特的老棚子变成了报纸办公室。

镇民们围着办公室看了半天，一个个张大了嘴。这窗户真多，用佩吉的话说："简直跟温室一样。"

这下，大伙儿全知道了，这些异想天开的小姑娘，竟然真想在镇上办报纸。有的人很高兴，有的人却很生气，但不管怎样，大家都很激动。这阵子，每时每刻都有新消息，大家都聚集在科丁杂货店里，叽叽喳喳讨论着。

"简直疯了！"斯基姆·克拉克说，"她们这是要抢我家生意啊！我们孤儿寡母的，就靠着小店，卖点报纸杂志挣钱。她们居然要办日报，这不是横插一脚，让我们饿死吗！"

铁匠皱皱眉，说："不能把报纸放克拉克夫人那，让她帮忙卖吗？"

"这我倒没想过。"斯基姆说，"不过，这报纸才卖1分钱。外面那些报纸，一份可卖5分钱呢。我们卖5分的报纸，可以抽3分的利，卖1分的报纸，哪挣得到钱呀。"

"这样更好啊，我们有便宜报纸看了！"药剂师乐呵呵地说，"这可是值得高兴的事！"

"一点都不好！"斯基姆大声反驳道，"妈妈说一点也不好！"

不过，大家都忽略了他。准备报纸就这么费钱，办出来的报纸质量肯定高。比外面的好，还比外面的便宜，大家都笑歪了嘴。

周一，两辆车厢准时到了沙齐小站。尼克·索恩带着三队人赶到了车站，准备把货物全拖回来。梅尔维尔镇居民们听说了消息，全扔下手里的活计，在路口翘首以盼。货物一到，城里的工人和机械师，就开始了组装，镇民们围在旁边，瞪大眼睛，不愿错过一个细节。

城里人全都住在旅馆里，旅馆老板都快乐疯了，他从没接待过这么多人。

居民们很兴奋，但姑娘们更兴奋。她们从早到晚待在办公室里，拿着本子，记录每件事情。

回到家里，三个姑娘一下就把舅舅围了起来。

"舅舅！机器真是太棒了！"帕琪激动地说，"您给我们创造了这么好的条件，我们一定好好干，不辜负您的期望！"

露易丝也忙说："我昨晚一宿没睡，写了首诗出来，可以刊在首页上！"

"一般首页不放诗吧？"见露易丝表情不好，帕琪忙说，"姐姐，你先念给我们听听。"

"这首诗叫《木樨颂》。"露易丝清清嗓子，开始念道：

"那褐色的小花，垂着头摇曳

那醉人的芬芳，在我心头荡漾

谁人能知，这般平凡的外表

竟掩藏着，如此惊人的美丽。"

"唔……"帕琪歪着头想了想，说，"我是没看出来，木樨花哪美了。"

贝丝斟酌了一下,建议道:"把美丽改成芳香吧,那就说得通了。"

"还是说不通啊。"约翰舅舅也加入进来,说,"既然掩藏起来了,怎么闻得到呢?"

"没想到会有这么多批评。"露易丝受伤地说,"以前,我把诗投给大报纸,他们也没说我的诗不好,只说不缺稿子。唉,既然你们都不喜欢,我还是撕了重写吧。"

"别呀!"帕琪一把抢了过来,说,"还是留着吧,我们一天要写24个专栏呢,没准哪天就用得上。"

大家从周一忙到周三,终于把所有机器装好了。工人们和约翰舅舅告了别,就回城里去了。留下的只有两人,一个叫吉姆·麦加菲,是个印刷工人;另一个叫劳伦斯·多恩,熟人都管他叫劳里,是个电铸工人,还负责排版。

办公室那台印刷机是最新款的,能自动折叠、裁切报纸,一小时能印三千份呢。

帕琪算了又算,高兴地说:"我们需要的数量,它8分钟就能印完!"

除了这台印刷机,还有两台辅助印刷机,一台普通印刷机。这些机器什么都能印,小到名片,大到马戏团海报。还有一个工人,周四一早就到,他要协助吉姆印刷,还要帮忙干杂活。

这毕竟是份女孩的报纸,所以,来的还有三个女孩。她们是专业的排字工,一个个脸色苍白,神情忧郁。约翰舅舅把她们托付给了旅馆的女主人,让她多帮衬一下。

姑娘们商量了很久,决定办晨报。

一开始,约翰舅舅不同意,他怕姑娘们熬夜。后来,大家决定，姑娘们负责把9点前的新闻编辑好，剩下的交给布里格小姐，新任的外电编辑。

之所以办晨报，是因为它有许多优点。

"办晨报，你就有一整天的时间发放报纸。"亚瑟如是说："办晚报的话，大家第二天早上才拿得到。"

这样一来，布里格小姐就至关重要了。她今年35岁，已经在报纸行业干了17年，所以业务能力很强。她又聪明又开朗，还很善解人意，一直微笑着听姑娘们讲话。她一再向她们保证，一定会帮忙，办出高质量的报纸。她对眼前的情况也很了解，虽然姑娘们没有经验，但她们背后有个大财主；虽然想法有些不切实际，但好在有很大的热情。

"这份工作虽然不长久。"她心想，"但胜在有乐趣。在大城市里待久了，来乡下换换环境也不错嘛。"

这下，七位常驻员工就齐了，而第八位正在来的路上。国庆节，第一版就要发行，大家各司其职，开始忙碌起来。

这天下午，一个姑娘突然走进来，要求见总编，大家连忙把她让进了帕琪的私人办公室。

帕琪、贝丝和露易丝都在，看见姑娘进来，她们都愣了。

她很年轻，还不到20岁，可她的脸却很憔悴，右眼下还有条长长的伤疤。她的头发很细，乱糟糟地绕在一起，看上去脏兮兮的。那双眼睛大得出奇，是极浅的蓝色。

若说她这长相奇怪，她的穿着就更奇怪了。上身是件褐色外套，下面穿条小短裙，腿上只有双长筒袜，脑袋后面戴着顶小圆帽，肩膀上挂着个皮包。这样子，一点都不像个正经姑娘。

"汤米介绍我来的。"她不客气地坐在椅子上，说，"他说，你们雇我1个月。要是我有改进的话，就能多待一阵子。之前，我一直在《先驱报》干，但上周被炒了。对了，这镇上有好酒卖吗？"

"这社区禁止酗酒。"帕琪有些不知所措地答道。

"也行，看来我总算能戒酒了。不喝醉的时候，我可是全美国最厉害的插画师！"

帕琪张圆了嘴，不信地问："你是艺术家？"

"别，我可不是什么艺术家，就是个画漫画的。待在这破林子里也不错，哈？见了我的画，村民肯定会大吃一惊。对他们来说，看画就图个乐子，不知道艺术是啥，这样倒好。你们仨，对我有啥要求啊？"

"我……估计你做不到。"贝丝鼓足勇气说，"我……不，我们是很受人尊敬的，雇用的年轻人也都……很好。所以……呃……所以……"

"没事！"年轻姑娘淡定地说，"这没什么，我这性子，确实不适合这里。回纽约的下一班火车是什么时候？"

"应该是四点。"

"嗯，我要找节软座的吸烟车厢，好好享受享受。现在还早，我还能休息会儿。说起来，你们这些有钱女孩，怎么会想到做这个？"她扫视了一下办公室，不等姐妹们回答，就说，"机器都是全新的，还真少见。对了，我能吸根烟吗？我也是个老手了，看着你们这些新手，觉得真有意思。我还有两封推荐信呢，一封是汤米写的，还有一封是个银行家写的，叫马尔文吧。"

说着，她从包里取出两封信，一把扔到帕琪面前的桌上。

"现在没用了。"她接着说，"垃圾桶在哪，你扔了算了。"

帕琪觉得尴尬极了，只好拿起信，看了起来。第一封是马尔文先生的，只见他写道：

"再三寻觅后，我总算找到了这位插画师。她是纽约最棒的，同时也是个姑娘，满足了您的要求。赫特小姐在业界备受推崇，不过，像所有成功的艺术家一样，看上去不太可靠。据坊间流言，如果您能赢得她的信任，那她会是您最忠实的员工。"

另一封来自"汤米"，他是纽约一家大杂志社的记者，他在信里写道："我很舍不得把赫特让给您，因为，她真的是个人才。不过，在浮华的城市里，这位姑娘正一步步走向堕落，希望您能救救她。其实，她性格很好，又幽默又开朗。只可惜，这些快被酗酒给毁了。只希望，在平静的乡下，远离诱惑，她能找回自我。就算不是为了拯救一个人才，也为了您可能得到的回报，请一定对她多点耐心，尽力帮助她。"

看完之后，帕琪把信递给露易丝和贝丝。她俩看完之后，再看向赫特的表情就完全不一样了。

"原谅我吧。"帕琪真挚地说，"我之前对你的看法不对。"

"不，你说得没错。"赫特低下头，沉默了一阵子，这才抬起头来，露出个漂亮的笑容，真诚地说，"其实我很想留下来，我知道自己这样不好，我很想改，只求你们收留我，看看我有没有改过的机会。"

"肯定有！"帕琪一下跳了起来，激动地握着赫特的小手,拉着她说,"走,我们去旅馆,订间舒服的房间。你的行李呢?"

"我不知道自己喜不喜欢你们,也不知道你们愿不愿意接纳我,所以没带。"

"那我派车去给你带来。"帕琪一边领着她往旅店走,一边说。

"不用,行李都被我当了。现在没地方买酒,我可以拿钱买衣服了。"赫特四处张望着,高兴地说,"这里真好看,有种原始美,活像画儿一样。这石头棱角分明,被苍郁的松树一衬,真漂亮。这条小溪,你们管它叫什么?"

"小比利溪。"

"我要画下来!瞧,它撞在石头上的样子是那么顽固,跳过石块的样子是那么轻松,静静流淌的样子是那么冷静。这条小溪有感情!要知道,感情塑造性格。"

见她这么喜欢小溪,帕琪给她订了间能看见溪水的房间。

"你打算在哪上班?去办公室还是在房间里?"帕琪问道。

"在野外。"赫特说,"我先看看当天的新闻,选个主题,然后带去林子里画。你们要想加别的题材,告诉我,我有空就画。我可是个工作狂。"

与此同时,负责拉广告的亚瑟正忙个不停。他要给全国的广告商写信,请他们在论坛报上登广告。信由他口述,速记员打出来,印在费兹设计的信纸上。费兹是新来的印刷工。

有些广告商对他的提议很感兴趣,问了好些问题,比如报纸的发行量啦、发行地啦、广告价格啦。

亚瑟老实告诉他们，目前已有27位订阅者，他们另外打算免费发放400份，当做赠品，希望村民们读完之后，能够订阅。

"我不能保证，您刊了广告之后会有收益。"亚瑟如是写道，"但我希望您能尝试一下，至于钱，您可以看着给。"

令他又惊又喜的是，许多广告商都欣然接受了。他们觉得这个事儿很有趣，也很愿意支持一下年轻人的事业。

"他们真是好人。"亚瑟笑容满面地对姑娘们说，"加油好好干，一定不要辜负他们的信任。"

不过，那些本地商人，表现却很不一样。

鲍勃·韦斯特自己用卡片写广告。尼布·柯金思肉痛地拿出半美金，说要给他的药打打广告。至于萨姆·科丁，他说人人都知道他的杂货铺，所以用不着登广告。

随后，亚瑟驾着车，带着露易丝去了亨廷顿。社交编辑去找素材，亚瑟就去跟商人谈判。

比起梅尔维尔，亨廷顿的商人对这事更感兴趣。由于价格很低，许多商人都表示愿意试试。一个家伙还雇了两个机灵的男孩，让他们每天早上去梅尔维尔，把样品带回来，发给这里的镇民。

姐妹们把设计广告的事交给了费兹，他做出来的效果好看极了。

离7月4号还有几天，第一期报纸的内容就准备得差不多了。

露易丝写了两个故事和一首诗，自豪地念了好几遍，得来一片赞赏。贝丝写了两篇文章，一篇回顾棒球历史，另一篇展望国家队的未来。

　　这段时间，插画师从没露过面，没人知道她在忙什么。直到这天下午，她跑到帕琪办公室里，举着张画问："快猜，这是谁？"

　　帕琪扫了一眼，就笑出了声。

　　原来，这画的是佩吉！画里，他正坐在前廊上，给他那条木腿上漆呢。

　　这也算是梅尔维尔的一道风景线了。每隔几天，佩吉就会用油漆给他的木腿换个图案，通常是些很精致的条纹。比方说，这天是蓝底黄条纹，隔两天是绿底红条纹，再过几天就是粉底紫条纹。

　　虽说条纹很好看，但有个缺点，就是油漆干得慢。天气不好的话，得要一天一夜呢。没办法，佩吉只好坐在前廊上，把木头腿往栏杆上一搁，指望风能早点把它吹干。那无奈的样子，活像个木头人。

　　"有些人！"佩吉总是一本正经地说，"喜欢漂亮领带；还有人，喜欢滑稽的袜子。但是，我就喜欢好看的木头腿，比领带和袜子便宜，却更有艺术性。"

　　赫特画得很传神，那件法兰绒衬衫，条纹背带裤和破草帽都是佩吉的标志，再加上那条木头腿，谁也不会认错。这幅画名叫"乡村艺术家"，帕琪打算放在第一刊的内页，好叫大家开开眼。拉里拿着画去刻了版，印出来有两页那么大。最后，原画被帕琪拿走了，镶在相框里，挂在了办公室的墙上。

第八章 《梅尔维尔论坛报》

创刊号可说是非常成功。

世界各地的新闻从纽约发过来,由经验丰富的布里格小姐编辑,堪比任何都市报纸。

第一页上的漫画,讲的是亚洲国家的平民起义,真是又有趣又生动,让人一看就想笑。

至于本地新闻和文学作品,是小姑娘们编辑的,一对比,就显得有些稚嫩。

好在沙齐镇的人们没在意,拿着报纸,他们只顾着激动兴奋,哪顾得上仔细分辨。所以,对这第一刊,几乎是人人称好。

现在,让我们一起见证下第一刊做好的过程。

那天,正好是国庆节前一天,姑娘们兴奋极了,不愿回去休息,非要待在办公室看着报纸印好。约翰舅舅买了许多烟花,在办公室前的空地上放了,镇民们有免费烟花看,一个个笑得合不拢嘴。

办公室外热闹得很,办公室里,姑娘们却一点没受影响,她们围在大桌子边,眼也不眨地盯着工人们。先做出来的是版式,这样,等电报发过来,就能把最新的新闻填进边框了。

半夜两点的时候,新闻填完了。麦加菲小心翼翼地把版式放到印刷机上,准备开始第一次印刷了。

为了通风,一排排窗户都开着,镇民们好奇地扒在窗户上,使劲往里瞅。他们是见过那些大机器的,现在,终于有机会看机器动起来,他们才不会错过呢。

姑娘们脾气好极了，看见镇民围观，也没赶他们走，还在深夜的时候，给他们发了三明治。镇民们静悄悄地嚼着三明治，眼睛一刻也没从机器上挪开。

不巧的是，机器竟然罢工了。也不知道哪出了问题，麦加菲拿着螺丝刀，这里敲敲，那里紧紧，每一个动作都牵动着大家的心。他试了十来次，想要把机器启动起来，只可惜，刚摁下按钮，机器还没印出一张报纸，就立马关闭了。

没办法，他只好喊来了拉里，可惜拉里也没办法。最后，费兹也来了，三人讨论了一下，麦加菲又上了几个螺丝，然后打开了机器。

这下，机器启动了！只见一张白纸进去，第一份《梅尔维尔论坛报》就这么被印好了！

帕琪一声欢呼，冲过去就想拿起报纸。只可惜，她还没跑到那呢，就有十来份报纸堆在了上面。

这速度，简直像魔法！

帕琪不管不顾，把这十来份都抱了起来，递给贝丝，她们打算把这些收藏起来，当作纪念品。然后，她抱起桌上新印的，一份份发给窗外的镇民。镇民们兴奋地接过来，却没有看，而是继续盯着那些机器，一个个心想，这机器简直跟人一样聪明。

三个姑娘人手一份报纸，细细看了起来。她们满意极了，这报纸跟预期的一样好，她们完全有理由自豪。

这时，约翰舅舅一下蹦了进来，把大家吓了一跳，他后面还跟着亚瑟·威尔登。两人一进来，就抓起报纸，把脸埋了进去，再抬起来的时候，笑得嘴都咧到了耳朵后面。

屋里机器声很吵，约翰舅舅也没多说什么，只是搂住了三个姑娘,给了她们一人一个吻。

突然,机器停了。

帕琪吓得瞪大了眼睛,问:"怎么回事!哪儿又坏了?"

"小姐,不是坏了,是印完了。"

"400份都印完了?这么快?"

"一共印了425份,那25份备用。"

这时,窗外传来一阵哄堂大笑。原来,大家已经翻开了报纸,发现了那幅漫画。画中的主角,佩吉还没来得及看报纸,他占了个绝佳的地方,还在盯着机器看。不过,他很快就发现大家都在笑,连忙翻开手里的报纸,想看看大家在笑什么。

刚翻开报纸,他也大笑起来,骄傲地直起身子,挥舞着手里的报纸,大声说:"乡亲们!看来,这些姑娘们确实是用心在办报,我一定会力挺她们到底的!"

第九章 麻烦来了

报纸很受欢迎，一切似乎都很顺利。不过，没过几天，就有麻烦了。

姐妹们事先准备了许多素材，可是，前三刊几乎把她们的素材都用光了。看着空空的专栏，姐妹们急得都快跳起来了，赶紧向各方求救。

这里每天发生的事都差不多，所以没什么花样翻新的本地新闻，幸好纽约的新闻社源源不断地送消息来，倒是够用了。马尔文先生为了表示支持，送了一个大盒子来，里面装满了铅板，都是些小故事啦、诗词啦、美文什么的，也够用一阵子。这些素材都是作家写的，自然比小丫头们写的东西好得多。渐渐地，专栏里都是这些素材，姐妹们的作品越来越少了。

不过，姐妹们也没放弃写作。无论时间多紧，她们都会保证，至少有一个专栏，是她们的亲笔创作。

刚开始的几天，每天都有人来订阅。这些农民啦、镇上居民啦，对于有份本地报纸很自豪。而且，价格又这么便宜，大家都觉得值。不过，约翰舅舅心里清楚，就算每个人都订报纸，广告的刊登量再翻个倍，还是赚不回成本。

礼拜六到了，该发工资了。姐妹们聚在一起开了个会，仔细一算，挣的钱真不如花的多。于是，她们不约而同地自己掏了腰包。对她们来说，这倒不是什么难事。约翰舅舅给她们的零花钱不少，而且，她们每人名下都有产业，收入还不少。

"眼下，我们只能开出30美金的工资。"帕琪不好意思地说,"先这样,等挣得多了再说。"

当天晚上,罗耶尔的工人放假了,全都涌到了梅尔维尔。这帮外国工人,一心想离开深山老林,到镇里寻点乐子。斯基狄允许工人下班的时候,在工厂的店里买一品托威士忌。威士忌价格高得离谱,不过,梅尔维尔根本不卖烈酒,工人们只好在店里买了,再用瓶子带到镇上。

他们一路大口喝酒,大笑大闹,看着单纯的居民被吓坏,一个个享受得不得了。

自从工厂建好,这种事发生过好多次了。鲍勃·韦斯特向斯基狄抱怨了好几次,怪他卖烈酒,还放任工人到镇里撒野。可是,奸商只是无所谓地一笑,说:"工人开心就好,至于你们,不好好保护自己,能怪我吗?"

这个周六晚上,姐妹们办完事,站在办公室门口,等亚瑟来接。

就在这时,一群工人走了过来,喝得醉醺醺,嘴里骂骂咧咧。姐妹们见势不对,连忙躲进门廊里。可惜,一个大胡子发现了她们。他笑嘻嘻地凑过去,把脸贴在帕琪脸上,大声嚷道:"快瞧,我发现了个漂亮娘们。"

他话音刚落,就狠狠挨了个巴掌,打得他滚到了台阶下。

一个声音静静地说:"请原谅,小姐们,他就是欠打。"

姑娘们立刻认出了他,这不就是那个"流浪汉"吗,约翰舅舅说过,他其实是工厂里的会计。此时,见工友被打,那帮大汉都嚎叫起来,一头冲向打人的会计。

见状,贝丝一把拧开办公室的门,把呆住的露易丝和帕琪推了进去,然后,冷静的小姑娘冲着会计喊道:"快,进来躲躲。"

可惜,已经来不及了。年轻人背靠着门,固执地挥拳向围上来的人打去。别看他很瘦弱,打起架来却很勇猛,一下子,又有三个人哀嚎着往后退去。这时,露易丝已经把费兹和拉里喊来了,两人手里拿着铁棍,满脸兴奋,看来也是喜欢打架的家伙。

门口的工人见有人增援,不敢扑上来了。他们吐了口唾沫,拉起地上打滚儿的工友,骂骂咧咧地走远了。

目送工人走远,年轻人这才转过身来,向姐妹们鞠了一躬,仪态很是优雅。姐妹们还没来得及道谢,他就转身离开了。

亚瑟把惊魂未定的姑娘们接回了家,然后,把这事给梅里克先生一说,老头儿气得差点破口大骂,连声说:"我要想个法子,叫这些醉鬼不再打扰梅尔维尔!"

星期天,大家不用办报纸,就有了休息时间。三姐妹乘车到教堂去了。回来的时候,老诺拉已经备好了可口的饭菜。帕琪邀请了赫特·赫维特,她对这个插画师很感兴趣。

赫特出现的时候,大家都惊讶极了。只见她穿了身新裙子,看起来像个真正的小姑娘了。虽然,对于追求品质的露易丝来说,这身衣服的花纹有些吓人,但比起之前的打扮,已经是个巨大的进步了。她不仅换了新衣,还仔细洗过脸,打理过乱糟糟的头发。

吃完饭后,她对三姐妹说:"我已经焕然一新了。到这以后,我还一滴酒没喝过,但一点也没觉得难受,反而舒服极了。以前,我只有晚上清醒,现在白天也很精神!而且,看,我是不是越来越像淑女啦?我刚发现,做个让人尊敬的人,原来……原来也很有趣!"

帕琪忙鼓励她道:"就是很有趣,还很有成就感!不过,你在那种环境里,竟然还学到了那么多东西,太不容易了。"

"是啊,那种环境。"赫特回忆了一下,说,"我第一次到纽约时,还很小。一个记者带我出去吃饭,问我喝不喝鸡尾酒。我四处看了看,别的姑娘也喝,就点了点头。那一次之后,我就走上了歧途。"

她犹豫了一下,说:"干媒体这行,压力都很大,只能靠喝酒来缓解。可是,到了后来,喝酒也不管用了。有些人因为酗酒,进了警察局,再也没回来过。我认得一个姑娘,是家大报纸的社交编辑,每年能挣5000美金呢,结果因为喝酒,丢了工作。因为这事,我开始思考,这样的人生是不是我想要的。正好,汤米把我解雇了,告诉我,为了我好,要把我送到乡下,重新开始。"说到这里,她叹了口气,看着姐妹们说,"我是重新开始了,但不知道能坚持多久。"

贝丝好奇地问:"你的家人呢?"

"我和哥哥是孤儿,他去了芝加哥,说会回来接我。我猜,他是忘了吧,再也没有出现过。我画画不错,就自己去了纽约,找了份工作。我的人生就是如此,没什么有趣的。"

赫特其实很单纯,她很喜欢这三姐妹,因为,她们身上有她没有的品质。她独自待在旅馆的时候,把第一刊仔仔细细读了一遍,看到姑娘们幼稚的文章,先是笑得直打颤,然后又有些嫉妒。能写出这么单纯的东西,可见,她们真的是温室里的花朵。

这些姑娘们，不仅拥有记者的智慧，还有种女性独有的聪颖。细细一看，赫特就发现，这些品质像金子一样，在闪闪发光。

合上报纸，赫特心想："虽然，这舞台是小了些，但我又走回正道了，也算是件好事。"

周一早上，姐妹们刚走进办公室，就看见布里格小姐走过来，说："麦加菲走了。"

"走了？去哪了？"帕琪大喊道。

"回纽约了。礼拜六晚上搭上火车就走了。"

贝丝忙问："那他还回来吗？"

"瞧，他留了封信。"布里格小姐递了张纸过来。

姐妹们凑在一起，只见纸上写着：

"不喜欢这里的气候，也没什么好玩的，我辞职了。——麦加菲留"

帕琪拉长脸，说："看来，他早决定要走了。之所以等到周六，是想拿份工资。"

布里格小姐点点头，什么也没说，走到电报机前面，坐了下来。

"怎么办呢？"露易丝犯了愁。"还有谁会用印刷机？"

"我去问问。"帕琪说着，大步走进了工作间。

可惜，不管是费兹还是拉里，都对印刷机一窍不通。他们都说，如果不是专业人士，是操作不了这么复杂的机器的。他们建议，报纸还是先停刊好了。

姐妹们没想到会碰到这种事，一下就慌了。

布里格小姐安慰她们道："在业界，这种事时有发生。

不如发封电报去纽约,让他们再派个人来?"

"可以是可以,但来不及了。"帕琪说,"周一,纽约到沙齐小站没车,最快也得周三来人。停刊这么多天,大家肯定以为我们放弃了,以后再想赢得大家的信任就难了。"

布里格小姐耸耸肩,说:"是啊,大家都觉得,即使世界末日来了,报纸还是得每天出。姑娘们,你们这么聪明,一定能想出法子的。"

可现在,聪明的姑娘们,一个个垂头丧气,什么法子都想不出来了。

梅里克先生听说这事,说:"让我瞧瞧,我自己啊,也算是半个机械工。年轻时候,我还干过机械的活儿呢。我来试试,没准能行。"

亚瑟忙说:"我帮您,我能开汽车,用印刷机准不成问题!"

于是,他俩赶去了办公室,把外套一脱,就开始检查机器。不过,这机器倔得很,面对两个聪明人,也不愿轻易妥协。约翰舅舅刚把机器打开,就听见轰隆一声,气缸转了个圈,把巨大的木钳子往面板上一甩,砸得火花四溅。

试了好几次,机器就是不合作,约翰舅舅只好关上机器,叹了口气,毫无办法地站在一边,嘟囔着:"不是我修不好,没准这机器已经没救了。"

该怎么办呢?他想了半天,终于想到个点子,问一旁的费兹道:"能用辅助印刷机吗?"

听了这话,费兹眼睛一亮,答道:"先生,一部分一部分印是可以的。我想,一次最多能印半页,只要费点心思把边框对齐就行。"

"那就试试！"约翰舅舅拍拍他的肩，说，"年轻人，只要你帮我们解决这个难题，我会好好回报你的！"

听了这话，费兹忙说："先生，虽说以前没人尝试过，但我们一定能成功。"

拉里有些不看好这事，扁扁嘴说："到时候排版一定很可怕。"

约翰舅舅还有事要忙，穿上衣服就要走，三个姑娘闷闷不乐地和亚瑟一起，送他到门口。

这时，布里格小姐叫住了她们，看着板凳上坐着的年轻人，说："有人要见经理。"

年轻人不慌不忙地站起身来，鞠了个躬，正是保护了三姐妹的造纸厂会计。

看见他，约翰舅舅皱起了眉头，问："斯基狄派你来道歉？"

"不是，斯基狄先生没打算向您道歉。"年轻人微笑着说，"我被他炒鱿鱼了。"

"为什么解雇你？"

"我把他的工人打了嘛。那些家伙说，要是斯基狄不炒了我，他们就罢工。"

"那你来这干吗？"约翰舅舅顿时有了兴趣。

"我失业了，需要份新工作。"

"你会做什么？"

"什么都会。"

"那就说明，你什么都不会。"约翰舅舅毫不留情地说。

"不好意思，应该说，我什么都愿意做。"

"那你愿意操作印刷机吗?"

"先生,我愿意!"

约翰舅舅打量了他一眼,问:"你操作过吗?"

年轻人犹豫了一下,这才答道:"算是操作过吧。"

通常来说,这种模棱两可的答案,约翰舅舅不可能接受。但是,在这种紧急关头,也没有更好的人选啦。

"你叫什么名字?"约翰舅舅问道。

"我……我姓史密斯。"年轻人又犹豫了一下,没正面回答约翰舅舅的问题。

"姓史密斯,那名字呢?"

"我……我叫星期四。"年轻人有些不好意思地笑了。

听到他的回答,屋里的人都愣了,哪有人会叫这种名字啊。不过,约翰舅舅经历的事多,他什么也没表示,只是简单地说:"跟我来吧,星期四·史密斯。"

说完,他就领着年轻人进了工作间,姐妹们和亚瑟也跟了进去。

"我们的印刷工跑了。"约翰舅舅指着印刷机说,"剩下的人里,谁也用不了这机器。只要你能让它正常运转,今晚前把报纸印出来,这工作就是你的了。"

星期四·史密斯二话不说,脱掉卡其布外套,卷起袖子,蹲下身来,就开始检查机器。很快,他就发现是木钳出问题了。他拿起把扳手,三下五除二,把坏零件卸了下来,小心地收好碎片,抬头问:"这里的木匠店在哪啊?"

梅里克先生见他动作熟练,问道:"你真会用印刷机?"

星期四点点头,说:"当然是真的。"

"木匠店在旅馆后面,是座小棚子,你去那找朗·塔夫特。"

星期四记下地方,快步走了出去。

见他走远,约翰舅舅长出一口气,说:"好了,姑娘们,别愁了。看来啊,我们是交好运了。"

帕琪还是不放心,问道:"舅舅,您确定他能行吗?"

"我不确定,但他确定就行。我感觉,没把握的事,他是不会做的。"

在等印刷机修好的时候,梅里克先生回农场了。亚瑟驾着车,送露易丝去亨廷顿找素材。帕琪和贝丝两人则留在办公室里,整理做好的文件。

一小时后,史密斯回来了,拿着新做好的木钳,麻利地装在了铁架上。然后,他给机器仔仔细细上了遍油,试着开了几次。见他动作娴熟,拉里冲费兹使了个眼色,悄声说:"我看他能行。"

麦加菲那个家伙,知道自己早晚要走,就没费心打理机器。史密斯花了一个下午,把油污和脏东西都清理干净了,还把零件都用心打磨了一遍。打理完之后,机器就像新的一样,好看极了。

晚饭的时候,姑娘们先回家了,不过,她们惦记着印刷机,就让亚瑟过去看看,新的印刷工到底能不能行。

第二天一早,她们起来吃早饭的时候,桌上放着新印的论坛报,一份份干净又漂亮。

第十章　星期四·史密斯

一天后，梅里克先生收到一封信，是斯基狄写来的，信上说："我刚得知，您新聘了一名印刷工，叫星期四·史密斯，是刚被我解雇的。您要知道，我的工人很讨厌他，不愿意他待在附近。所以，我要求您立即解雇他，否则，我将不再为您提供电力。"

梅里克先生想了想，回复道："您尽管停止供电，我自会去起诉，要求您赔偿损失，别忘了，我们是签过合同的。我也跟您提个要求，管好自己的事。我雇谁，用不着您费心。"

这事，梅里克先生没跟侄女们说，也没跟新聘的印刷工讲。

周三，拉里和费兹也递交了辞呈，要求周六晚上离开。帕琪忙问他们为何，他们答道："这里节奏太慢，实在不适合我们。而且，和史密斯一起工作，我们担心那些工人会找麻烦。"

他们还告诫星期四说："朋友，你要想待下去，就一定要小心工人们，他们好像在计划什么。据说，斯基狄已经放话，就算他们毁了这间办公室，也不会解雇他们。"

星期四点点头，什么也没说。不过，这两人再操作机器的时候，他都会仔细盯着。当天下午，梅里克先生来到了办公室，他要跟侄女们商量下重新雇人的事。

不过，他还没见到侄女们，星期四就把他拦下了，说要跟他单独谈谈。

梅里克先生把他领进了办公室，看见三个姑娘都在，星期四不说话了。

梅里克先生看了他一眼,说:"有什么就说吧,不管你说什么,她们都会听进去的。"

星期四这才说:"我听说,造纸厂的工人们在抵制这份报纸。"

"他们全都退订了。"贝丝说,"不过,他们还没交钱,对我们来说也不算损失。"

"看来,果然是我给你们带来了麻烦。"年轻人说道,"你们最好还是解雇我吧。"

"不可能。"梅里克先生斩钉截铁地说,"斯基狄那种小人,我怎么可能听他的。况且,你会惹恼他们,是因为帮了我的侄女们,我就更不可能恩将仇报了。说起来,史密斯,你拳头使得真好,跟谁学的呀?"

"先生,我自学的。"

"我们欠你个人情,肯定会支持你到底。我占着理呢,不怕人挑事。你呢,怕吗?"

"我是不怕,先生。但是,这些姑娘们……"

"哈哈,你是没见过她们打架的样子,别担心她们了。"

听了这话,星期四愣了,好一会儿,他才说:"费兹和拉里周六要走。"

"是啊。"帕琪叹了口气,说:"这倒是个麻烦事,他俩工作得不错,要找人替代他们,还挺难。"

"道尔小姐,恕我直言,"星期四笑着说,"其实,这里工作量不大,一天里,他俩有半天都闲着。他们的工作我也能干,一天三小时,不需要人帮忙,我就能让机器正常运转。我保证。"

听了这话，叔侄几个大眼瞪小眼，都惊呆了。

"那排版呢，你也会？"约翰舅舅回过神来，问道。

"先生，其实排版很简单。我刚看了一会儿他们工作，已经完全了解原理了。"

"你确定吗？你一个能干三个人的活？"

"先生，您这种小规模的印刷，根本用不上三个人。"史密斯自信地说，"帮您雇他们的人，肯定是不了解这里的状况。而且，这里的排字员也用不上三个人。您可以把那两姐妹留下，把另一位送回纽约。"

听了这话，叔侄几个认真想了起来。

"我觉得史密斯先生说得对。"帕琪最先说道，"我们几个就够了，这样，还能省几个钱呢。"

约翰舅舅若有所思地盯着史密斯，好一会儿之后才问道："你这手印刷的本事，是跟谁学的？"

"我……我不知道，先生。"

"你以前在哪工作过？"

"我也不知道，先生。"

"不管我问什么，你都说不知道。"约翰舅舅有些生气，皱紧了眉头，说，"你以前做过什么，怕说出来吓着我们吗？"

"我没干过什么坏事啊！"

"那你到底是谁？"

"先生，我……我真的不知道。"

这下，梅里克先生真生气了，他大声说："你这样隐瞒事实，我实在没法信任你。虽然你很能干，印刷机也使得好，但我们不知道你人品怎样，就不能聘用你。万一你之前犯过事，我们报社会有大麻烦。等你告诉我们实情之后，再来上岗吧。"

听了这话，史密斯低下头，脸烧得通红。

他低声说："先生，我真没什么往事可告诉您。"

梅里克先生惋惜地叹了口气，掉头就要离去。

这时，帕琪眼睛一亮，问："你是不想说，还是不记得了？"

"我真想都告诉您。"史密斯难过地说，"但我真的什么都不知道。两年前的5月22号，我记得那是个星期四，一大早我醒来，发现自己躺在路边的坑里。之前的事，我真的一点都不记得了。"

这下，三个姑娘都瞪圆了眼睛看着他，就连梅里克先生也走了回来，上下打量着他，问道："你摔到坑里的时候，受伤了吗？"

"我把右脚踝给扭了，眼睛下面还割伤了，您瞧这疤。"

"那你也不知道自己是怎么摔坑里的？"

"一点也不知道。我一睁眼，没认出那是哪，也不知道自己是谁。我往四周一看，不远处有家农场，就一瘸一拐地过去了。那里的人很好，给我做了早饭。我一问，才知道，那里离纽约56英里远。他们说，这几天没见过车祸。我一说自己失去了记忆，他们都觉得我喝多了，或者干脆是疯了。"

约翰舅舅说："失忆这种事，毕竟很少见。"

"吃过早饭之后，我想看看，身上有没有什么能证明身份的东西。我在一个兜里，发现了一张20元的纸币，还有些银币；我腕上戴着手表，还有链子和戒指，戒指上有好大一枚钻石。衣服料子不错，就是沾满了土。我没戴帽子，后来让农夫去找，他也没找到。我还发现，自己不是一无所知。我还记得生活常识，他们提起纽约的时候，我也有点熟悉的感觉。但是，对于我是谁，我却一点印象也没有。"

露易丝感叹道："真是太奇怪了。"

"这两年，你还没想起自己是谁吗？"帕琪好奇地问。

"没有，道尔小姐。"史密斯接着说，"后来，我给了农夫点钱，让他送我去了车站。到了纽约，我觉得很眼熟，却还是什么都想不起来。于是，我在小旅馆租了间房，每天看报，想看有没有人失踪。我看到大街上的汽车，脑海里有个画面，似乎是自己开着车，在乡村的路上，然后被什么甩了出去。看来，肯定是那时候撞了头，其他的就都想不起来了。奇怪的是，我每天看报纸，却没发现有人失踪。没办法，我只好每天在街上溜达，希望能碰到以前的熟人，认出我来，或者走到什么地方，突然灵光一现，想起以前的事。只可惜，还是一点线索也没有。"

史密斯停顿了一下，继续说道："后来，我花完了所有的钱，表也当了，钻石也当了，没有办法，只好开始找工作。我没记忆，不知道自己到底能干嘛，没法在城里找工作，只好离开纽约。这两年，我从一个乡村跑到另一个乡村，想找到点过去的影子。这一路上，我各种活都干，但是状况并没有变好。你们遇到我的时候，我跟流浪汉没两样了。"

"你怎么会跑来给斯基狄做会计呢？"约翰舅舅问道。

"我听说有个新厂子招人，就过去问能不能聘我。斯基狄先生问我会记账不，我说会。"

"那你以前记过账没？"

"我印象里是没有。"史密斯笑了，颇有些自豪地说，"我干得不赖。没人教我，但我一下就上手了。这两年来，总是这样。我在店里卖金子，发现自己居然会买卖股票；我在电报公司干了两周，发现自己居然懂密码；我还给铁匠赶过马，给房子接过电线，帮药房抓过药。不管我做什么，都能做得很好。这下可好，我连自己以前是干嘛的，都没法猜了。"

约翰舅舅微微皱眉说："你每样工作都干得不长啊。"

"是的，先生。"史密斯解释道，"我每到一个地方，发现这里不认得，就想赶紧离开，去下一个地方寻找记忆。我刚说的那些工作，基本都是第一年找到的。由于挣不到钱，我没法买新衣服。到了第二年，大家总以为我是流浪汉，所以都不愿意聘我了。"

这时，露易丝问道："那你怎么会来梅尔维尔？"

"是你们带我来的。"史密斯俏皮地眨眨眼，说，"我看到你们的车时，正想离开纽约，就跳了上去。第二天一早，我睁开眼，就在沙齐小站了。我一看，这地方倒是从没来过，就打算待一阵子。好了，小姐们，先生，这就是我的故事了。"

"真是个离奇的故事啊！"约翰舅舅感叹道，姑娘们和他一样，觉得这一切简直是天方夜谭。

帕琪想了想说："你受过不错的教育，出身应该不错。"

"恐怕不是。"史密斯说，"我也希望自己来自大家族，但是，没人找过我，所以，我大概不会是好出身。"

"你怎么知道没人找你呢？"

"我很认真地看过报纸。有次，有个砖匠失踪了，我以为是我，可惜，后来他的尸体被找到了；还有个大学教授也失踪了，不过他已经60多了，也不可能是我；还有个通缉令，说有个年轻人，贪污了一大笔钱，逃跑了。我以为是我呢，虽然很伤心，却还是去自首了。结果，我刚走进警察局，他们就押着那个年轻人回来了。最离奇的一次，我看到报纸上，有个年轻女人，说丈夫抛弃了她和孩子，那个时间点和我失踪的时间一样，我就去见她了。"

"然后呢？"贝丝忙问。

"她说，我不是她丈夫。但是，如果她丈夫不回来，我又愿意照顾她和孩子，她可以嫁给我。"

听了这话，大家都笑了起来。史密斯鞠了一躬，回去干活了，留下叔侄女几个，对这奇妙的故事议论纷纷。

"他说的应该是真的。"露易丝话锋一转，说，"但他一个大男人，竟然沦落至此，我倒有些看不起他。他应该多努力努力，当个体面人。"

"怎么努力？"

"刚开始，他衣冠楚楚，有手表有钻戒。这时候，他就该去找人，说出他的故事，寻个符合他身份的工作。可惜他没有这么做，而是浪费时间，做些没用的事。"

贝丝不赞同姐姐的说法，摇头道："如果是我，我也会先去寻找自己的身份。如果连自己是谁都不知道，又哪能知道该干什么呢。"

"这事真是奇了。"约翰舅舅若有所思地自语道，"他会是谁呢？"

帕琪想起了什么，大喊道："哦哦！他说自己叫星期四，一定是因为，他失忆那天是星期四！"

"没错！他说自己姓史密斯，大概是因为史密斯是最常见的姓氏。"约翰舅舅说道，"让人奇怪的是，像他这样的人失踪了，竟然没人找。"

露易丝突然说："他不会是疯子吧，从疯人院逃出来的？"

"那他身上的疤是哪来的呢？"帕琪说，"再说了，有疯子跑出来，还不给马上抓回去啊？"

"没错。"梅里克先生点头道，"我相信史密斯，他应该是出车祸了。"

"那车呢？车上的其他人呢？"

"我们乱猜也没意义。"贝丝摇了摇漂亮的小脑袋，道，"史密斯是个聪明人，他都解不出这个谜，我们肯定也解不出。"

"可是，他也不比我们多知道什么啊。"帕琪说道，"我们仨加起来，总不会比他差吧。我觉得他好可怜，想尽力帮帮他。"

姐妹仨忙着编辑新闻的时候，脑子里想的都是史密斯的事。六点刚过，她们把做好的新闻整理好，交到了布里格小姐手上。然后，她们迫不及待地踏上马车，准备回到农场，继续之前的讨论。

马车在靠近农场的地方停了下来，原来，是赫特从林子里钻了出来。她穿着小短裙，连裤袜，手里提着鱼竿和鱼篓。

"钓到什么好东西啦？"帕琪探出脑袋，问道。

赫特把手里的东西往上一拎，笑着说："7条大鳟鱼！我还钓上来几条小的，但那些小东西一直在挣扎，看着好可怜呐，我就把它们放了。你们把鱼带回去吧，给梅里克先生做明天的早餐！"

帕琪笑了，招招手说："赫特，快上车，今晚你跟我睡。你瞧你，眼睛下都青了，钓一整天鱼挺累的吧？你得跟我回去，好好歇一夜。"

听了这话，赫特高兴得小脸通红，可她并没有上车，而是嗫嚅着说："我……我这穿得……"

"穿得挺好的呀。"贝丝也很喜欢赫特，帮着姐姐说，"你尽管来，要穿什么，我们借给你。"

"是呀，赫特小姐，来吧。"露易丝也邀请道。

赫特扭捏了一下，还是高高兴兴地爬上了马车。

坐上车后，她叹了口气，说："在纽约，我也跟有钱的编辑打交道，坐过他们的马车，但是，你们好不一样啊。"

帕琪随口问道："怎么不一样啦？"

"首先，你们不是真正的记者。然后……"

"等等，"露易丝打断了她，问，"我们怎么不是真正的记者？"

"你们确实很好！"赫特忙夸了夸她们，然后严肃地说，"可是，我认识的那些职业记者，确实不一样。那些人很放纵，看起来没心没肺，其实心特别软，人很善良。他们工作起来像陀螺，玩起来像孩子。在办公室里，他们像哲人；去酒吧玩的时候，那样子我都不好意思形容。他们一直活得很累，像烟火一样，不停地燃烧自己，然后很快燃烧殆尽。你们不是这样的人，也不喜欢这样的人。但我能理解他们，因为我曾经也那样。"

"尽情燃烧自己吧，赫特！"帕琪哈哈大笑道，"但我们不会让你燃尽的。现在，你在我们身边就放心好了。瞧，梅尔维尔没什么酒吧，你要想找乐子，就只能跟我们姐妹仨回老农场啦。"

"跟你们在一起最开心了！"赫特也笑了，说，"也许你们很难想象，但对我来说，这一切都太新鲜了。"

到了农场后，约翰舅舅热情欢迎了小画家，很快，赫特就觉得很自在了。吃晚饭的时候，一家人又聊起了星期四·史密斯。这时，贝丝突然问赫特："你知道这个人吗？"

赫特忙咽下食物，说："只在办公室说过一两句话，他不住旅店，在租马车的索恩那租了间房。"

"你之前没见过他？"

"没见过。"

露易丝想了想，说："没准，这都是他编出来的。"

"我看不像。"赫特说，"他看起来挺正常，而且，失忆这事也不少见。大脑真是很奇妙，也很脆弱。我认得个工作狂，有天，他走进办公室，非说自己是乔治·华盛顿。除此之外，他都很正常，甚至还比以前聪明了不少。我们逗他，一直叫他将军，哈哈。可见，大脑要是累了，就会停下来歇一歇。没准哪天，星期四·史密斯的大脑歇够了，就什么都想起来了。"

[注：这则轶事千真万确。——作者]

约翰舅舅眨了眨眼，说："我决定，要查出他的真实身份！"

姐妹们奇道:"怎么查?"

约翰舅舅得意地说:"找弗杰里呀。他是个顶好的侦探,不管秘密藏得多严,他都能找到蛛丝马迹。要是他肯出手,一定能查出史密斯的过去。"

"到那时,我们又要找新的印刷工了。"贝丝擦擦嘴,说,"我敢说,这人的身份非富即贵。"

第十一章　欧乔伊·博格林阁下

这天早上,帕琪正独自待在办公室里,忙着编辑的事。突然,门被轻轻推开了,一个人出现在门口。

这人很瘦,看上去已过中年。他上穿黑色礼服,下穿褐色长裤,脚上穿着双锃亮的牛皮鞋,头上戴着顶过时的高礼帽,胸前打着黑领带,领带夹上坠着颗大钻石。他下巴上有些青胡茬,衬得灰色的小眼睛闪闪发光,看起来又机灵又警惕。

他在门口站了一会儿,打量着帕琪,帕琪也盯着他瞧。两人大眼瞪小眼,那样子真是好笑极了。过了好一会儿,那人才谨慎地说:"我来见负责人。"

"我就是。"帕琪笑着说。

"真的?"

"真的。"

听了这话,来人犹豫地搓了搓手,从兜里掏出个夹子,取出张名片,弯下腰,小心翼翼地放到帕琪的桌上。

帕琪拿起来一看,只见上面写着:欧乔伊·博格林阁下,胡克瀑布,沙齐郡。

"噢!"她惊讶地说:"欧乔伊·博格林?"

"是欧乔伊·博格林阁下,小姐。"他特意强调了"阁下",像是很在意这个称呼。

"很高兴认识您。"帕琪眯了眯眼睛。她不喜欢这人的腔调,于是直接问,"您有何贵干?"

欧乔伊阁下清了清嗓子,刚要说话,突然记起面前是位女士,忙脱下帽子,然后慢吞吞地坐在椅子上。

"首先,"他煞有介事地说,"我要恭喜您,新报纸很成功。在这种穷乡僻壤,大家盼报纸盼了很久,因此,您的报纸一出,就成了大家的最爱。"

"谢谢。"帕琪生硬地说道。这男人的赞赏很浮夸,一下就惹恼了她。

"要知道,除您之外,这里只有一份报纸,覆盖了旁边的三个郡。"他接着说道,"是份周报,那些编辑都被克莱普利帮收买了,只会胡说八道。"

"克莱普利帮?"

"就是群拥护克莱普利少校的人。那混蛋,占了我的位子8年。"说到这个,他鼻子都气歪了。

"不好意思,"帕琪有些糊涂,她问,"这个少校……克莱普利少校,占了你什么位子?"

"您看到名片了吧?"那人问,"上面写着阁下,对吧?"

"没错。"

"我曾是参议员。法律规定,无论出身,只要是参议员,都一律称为阁下。我曾是这个州的参议员,管三个郡的事。"他有些怀念地说,"那时,我是全力为国尽忠。"

"噢!明白了。现在你不是参议员了?"

"不是了,我只在任一期,那个克莱普利就占了我的位子。"

"怎么占的?"

"他把唯一的报纸买下来了,让那些记者编故事,说我上任前很穷,当上议员后,两年就贪了一大笔钱。"

"那你贪了没?"帕琪一针见血地问道。

来人在椅子里不安地挪了下，这才说："一般来说，我不跟小姑娘谈政治。不过，你是编辑，应该不会头发长见识短。你要知道，为国效力也是很累的。从政嘛，对健康不好，所以议员就该有高收入。我也没做什么过分的事，无非跟克莱普利一样。但是，那些普通民众不懂，看到报纸，他们就觉得我在贪污。我等了8年，终于等到了反击的机会！"

"这倒有些意思。"帕琪说，"但是，我们报纸不涉及政治。博格林先生，我今天很忙。"

"是博格林阁下。"他纠正道，他并没有意识到，帕琪是在送客。

不得已，帕琪只好拿起笔，假装继续工作。欧乔伊看帕琪这样，迟疑了一下，问："难道你们也被克莱普利收买了？"

"没有。"帕琪冷冷地答道。

"那就好！我这次应该能赢他。瞧，编辑小姐……"

"是道尔小姐，先生。"帕琪忍无可忍地打断了他。

"好的，道尔小姐。我是这么打算的，9月，又有新一轮选举，我希望你的报纸能帮我拉票。这是份日报，比克莱普利的周报影响力大多了。只要我们合作，我一定能赢。这个州的共和党多，只要能获得提名，就能获得他们的票。所以，我们的第一步就是获得提名，怎么样？"

看着他的穿着，帕琪心想：管你装得多谦逊，都一副贪官相。不过，她不愿当面得罪这人，而是打了个哈哈，说："这样吧，我先调查下，等调查清楚后，如果本报要涉及政治报道，会选择最合适的合作者。"

听了这话，欧乔伊不满地吼道："那你们也有可能帮克莱普利继续占我的位子！别这样，你们要多少钱，我都给得起。只要你们帮我，就能挣大钱。我有钱，在胡克瀑布附近有6座农场，还有600亩的好松林，我还是亨廷顿银行的主管，放了好多贷。对了，我还有罗耶尔造纸厂一半的股票！"

"你？"帕琪惊讶地问，"我还以为斯基狄……"

"斯基狄是管事的。"欧乔伊答道，"当初，他找到我，说要办个造纸厂，我就同意了。他是总经理，负责运营，拿了51%的股票。罗伊尔的松林是我的，所以剩下的股票都是我的。这几年，造纸厂挣了不少钱。一般人不知道我也参股，所以，这事是保密的，你可不能说出去。"

"没问题，先生。"帕琪静静地说，"但我们是份自由报纸。博格林先生，就算我们亏本，也不会被政治家收买。"

听了这话，欧乔伊瞪大了眼睛，困惑地挠了挠耳朵。

"我明白了。"想了一会儿，欧乔伊试探着说，"一家报纸拒绝投资，只能说明，已经被别人买下了，或者……对买家有意见。"他灵光一现，恍然大悟道，"你是对工厂有意见？还是对斯基狄有意见？"

"都有意见。"帕琪皱着眉头，大声说，"那位斯基狄先生，人品实在有问题。他公开抵制我们报纸，还想毁约，不给我们提供电力。更过分的是，他老放任工人骚扰梅尔维尔，尤其是我们办公室。"

欧乔伊挥着拳头，咬牙切齿地骂道："那个该死的家伙！"骂完之后，他忙换了个笑脸，对帕琪说，"道尔小姐，不要担心，我会解决这些问题的。他要不听我的，我就让他好看。你要是跟我合作，我保证，工厂至少订100份报纸。

我还会让斯基狄道歉,并让他保证,不再让工人骚扰你。对了,我还会另给你钱。"

帕琪白了他一眼,坚定地说:"我绝不会跟你合作。我不认识克莱普利,但我觉得他应该比你强多了。任何正直的政客,都不会想着收买报纸。对了,给你个建议,把名片上的'阁下'去掉吧,你实在不配这两个字。"

听了这话,欧乔伊气得脸都白了,他猛地站起来,就要离去。不过,他又站住了,整整衣襟,坐下来,深吸一口气,说:"小姑娘,你这是敬酒不吃吃罚酒。要么,你就被我买下来,接着办你的报纸。要么,我就让斯基狄毁了你们。虽然我不是参议员,但我还是有些手段的。你敢跟我作对,那后果你可承担不起。小姑娘,是帮我竞选挣一大笔钱,还是被赶出镇子,你选吧。"

"给你30秒。"帕琪从没见过这么阴险的人,她咬着牙说,"你再不走,我就要喊人了。"

欧乔伊阁下站起身来,戴好帽子,威胁道:"那你小心了。"

"我会的。"帕琪挺直腰。

"丫头,这事没完!"

"你还有10秒。"

欧乔伊一把抓起名片,塞进口袋里,转身走了出去。

帕琪坐在椅子里,气得浑身发抖。

过了一会儿,鲍勃·韦斯特走了进来,好奇地问:"刚刚欧乔伊·博格林来过?"

"哈哈哈!"帕琪气得笑了出来,说,"你应该说,欧乔伊·博格林阁下!"

鲍勃看了眼小姑娘，说："拒绝他，您做得很对。"

"我绝不会跟他合作。"帕琪好奇地看了眼鲍勃，心想，他是怎么知道的呢。

鲍勃点点头，说："不过，欧乔伊是个危险人物。道尔小姐，千万要小心。"

"我知道，他刚刚也这么说来着。"帕琪静静地说，"他是斯基狄的合伙人，我会加倍小心。"

"你不怕他？"

"我为什么要怕他，韦斯特先生？"

听到这话，鲍勃笑了，说："道尔小姐，我是这里的治安官，有什么问题您可以直接来找我。"

帕琪真心实意地说："谢谢您，韦斯特先生，我会的。"

鲍勃点点头，心满意足地离开了。

第十二章　莫莉·赛泽的派对

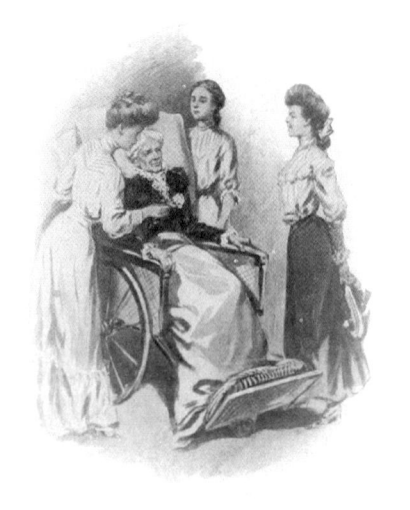

帕琪在担心，沙齐郡的人却自豪极了，他们的《论坛报》是附近唯一的日报。而且，报纸更新的速度、新闻的有趣程度，丝毫不逊于纽约的大报纸。

不过，亚瑟·威尔登跟这些人不一样。不管是刚开始，还是现在，他都不看好这事。不过，为了讨好妻子和姐妹们，他还是帮她们做广告、雇人发报纸、记账。

亚瑟是个性格沉稳的年轻人，受过良好的教育，名下有一大笔财产，都被稳妥地投资出去了，能给他带来稳定的收入。所以，他完全不需要经商。虽说他是总编，但他一点编辑工作也没做。一整个夏天，他都在林子里游荡，收集了不少植物标本。剩下的时间，他就待在农场和约翰舅舅下棋。

这段时间，姑娘们获得了很多乐趣，也学到了很多东西，两个大男人看着，也觉得很高兴。

最小的贝丝爱上了写作，她的编辑做得好极了，思想深度已经超过了帕琪的作品。

两个妹妹待在办公室里，姐姐露易丝则游走在大街小巷，找当地的新闻。她爱上了这个工作，因为可以深入到平民中，了解每个人的个性和特点。露易丝很平易近人，大家一下就喜欢上了她，心甘情愿地提供信息，还很爱拉着她聊天。

大多时候亚瑟都会陪她，看着妻子在大街小巷熟稔地跟人闲扯，亚瑟觉得有趣极了。

每次，他俩都要经过塞泽农场，那是附近最大的农场。农场主叫扎克·塞泽，他有个大家庭，5个儿子、3个女儿，都让邻居伤透了脑筋。老扎克很粗鲁，骂起人来活像个大兵，可想而知，他的儿子们也不会多文雅。

比尔·塞泽是老大，特别爱喝酒，认得他的人都说"这人没一秒清醒的时候"。

另外几个儿子倒是不喝，就是特别好斗，稍微不顺心就要打作一团。

他们缺点很多，却很勤劳。他们的母亲和姐妹也不歇着，从早干到晚。所以，他们家相当富有。

莫莉·塞泽是大女儿，长得漂亮极了，露易丝评价她"美得摄人心魄"。的确，莫莉虽然骨架大，乡土气重，却有种难以言说的美丽。她的美，让全家人都很骄傲，附近的邻居也很羡慕她。

另两个女儿还小，整天乐呵呵的，蹦来跳去，带着一股野气。不过，也不能怪她们，有其父必有其女嘛。

不过，莫莉跟她们不一样，她知道自己很美，所以挺注意自己的气质，倒有几分大家闺秀的样子，就连她那些兄弟们，也会乖乖听她的话。

报纸刚出，塞泽一家就订阅了。每次，只要露易丝来问消息，他们都会扔下手里的活，叽叽喳喳地围在她身边，把知道的消息一股脑全说出来。看到自己提供的八卦上报纸，他们满足极了。有一次，比尔在亨廷顿喝酒，听到个店员说他提供的消息是假的，气得把那人狠狠揍了一顿。

这天，露易丝和亚瑟又来到了塞泽农场。他们刚到，莫莉就兴奋地迎了上来。她说，周五是她的生日，家人要在农场为她办场派对。

"夫人，您一定要来参加，然后写到报纸上！"莫莉两眼发光，说道，"方圆20里的人都会来，到时会有场舞会，我们请了马尔文的乐队呢！爸爸花了好多钱，买了饮料和零食，肯定会让沙齐郡大开眼界！"

"就算我不来，也能写到报纸上的，莫莉。"露易丝笑着说。

"不不不，您一定得来！我以前看过本书，作者参加了场派对，把那些人的衣着、一举一动都记下来了。到时候，我会穿件新裙子，你要是写得好，我们会买很多很多报纸，寄给亲戚朋友！"

"好吧。"露易丝叹了口气，说，"那我尽量过来待一会。是周六，对吧？"

"没错！周五是我生日，周六晚上是舞会。您可以带上您先生，跟我们一起跳一曲。在这种庆祝场合，您和我们一起玩，也不会对名声有影响。"她轻快地说道。

露易丝回到家，把这消息一说，大家都笑了起来。帕琪立刻怂恿姐姐，让她一定要去。

"到时肯定很有趣，你可以给个双行标题。"她兴奋地说，"你就当这是真正的社交盛宴。亲爱的，一定要用最华丽的辞藻来描写她们的裙子！对了，你可以用点法语词，她们一定会觉得很高端！"

周六很快到了。傍晚，亚瑟驾着车，载着妻子，向塞泽农场驶去。还隔得老远，他们就听到了小提琴声、吵闹声和哄笑声。

梅尔维尔禁酒，但是，老扎克不知从哪弄来许多烈酒，供宾客尽情饮用。亚瑟和露易丝进屋的时候，好多人都喝高了，那场景，简直让人不忍直视。

莫莉挤过来，高兴地招呼他们。比尔也跟了过来，举着酒杯，大声问亚瑟："瞧，我家莫莉，是不是沙齐郡的一枝花！"

他凑在亚瑟身边，说："我敢说，城里那些丫头，给莫莉提鞋都不配！"说完，他就摇摇摆摆地走开了，说要去给客人们拿酒。

他一走，亚瑟就握住露易丝的手，说："我们出去吧。"

说完，他们就一起向门口走去。正好，新的舞曲响起了，没人注意到他们离开。

"简直伤风败俗！"一上马车，露易丝就忍不住说，"沙齐郡民风淳朴，他们这样玩闹，简直太过分了！这种事，《论坛报》提都不会提！"

回到家，他们把事情告诉了帕琪和贝丝。帕琪劝道："报纸就该什么都报道，你不写那些不好的东西就行。而且，惹恼塞泽一家也不好。他们虽然粗鲁，却很支持我们报纸。他们都邀请你了，你不写，他们会觉得你故意忽略他们，以后不仅不会支持，没准还会跟我们作对。"

听了帕琪的话，露易丝虽然不情愿，也只好写了派对的报道，送到布里格小姐那，好赶上周一的论坛报。

周一早上，约翰舅舅下楼吃早饭，刚看到塞泽家的报道，就笑出了声。

"哈哈，露易丝，你胆子真大。"约翰指着报纸说，"瞧这段，莫莉小姐穿着漂亮的新裙子，看起来真是光彩照人。她用那可怕的笑容，欢迎着宾客。"

"什么的笑容？"露易丝吓了一跳，问道。

"可怕的笑容啊。"

"这是个错字。"露易丝抓起报纸,扫了一眼,说,"我明明说的是'可爱的笑容'。肯定是排版时出了错,布里格小姐竟然没看出来。"

"也不怪布里格小姐。"约翰忍俊不禁地说,"那场舞会确实挺可怕,什么都很可怕,笑容当然也很可怕啦。"

"天啊,这下惨了。"帕琪说,"报道里的好话都白写了,塞泽一家肯定会觉得我们是在嘲笑他们。老天保佑,他们千万别注意到这个错。"

可惜的是,在他们说话的时候,塞泽一家已经发现了。他们全都气坏了,觉得《论坛报》是在侮辱莫莉。正巧,有几个年轻人,因为宿醉留在了塞泽家。这些家伙喝多了,现在浑身难受,脾气正大着呢。听着大个比尔一字一句地念"她用那可怕的笑容,欢迎着宾客",他们全都气得跳了起来,大吼大叫。

莫莉看了报纸,先是大哭,然后歇斯底里地大喊起来。比尔为了安慰她,用了最脏最狠的词来骂《论坛报》。其他年轻人也忙说,肯定是编辑嫉妒她,才耍了手段。

大家都气坏了,为了平复心情,他们全都举起酒瓶子,又喝了起来!

他们就这么喝呀喝,一直喝到大中午。比尔举起皮鞭,摇摇晃晃地朝梅尔维尔赶去,说要"给那些狗编辑点颜色瞧瞧"。那群年轻人唯恐天下不乱,嚎叫着跟在他身后,要去给他助威。莫莉一下慌了神,拉着比尔的衣袖,恳求他,千万不要伤了露易丝。

"我不打女人!"比尔一把扯回衣袖,说,"不过,我要好好抽抽她丈夫!报纸上不说了吗,他才是总编!"

第十三章　鲍勃·韦斯特

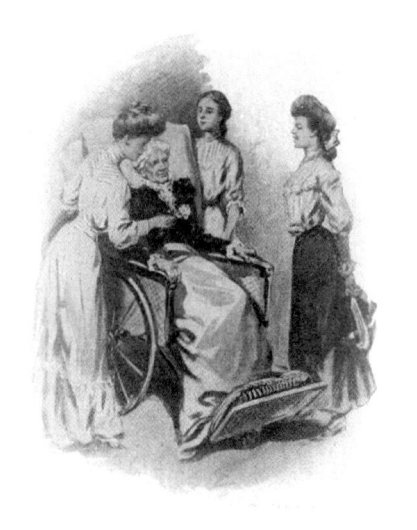

这帮人叫闹着往梅尔维尔来了，不巧的是，星期四·史密斯为了检查线路，顺着电线到罗耶尔去了。屋里只有四个人，帕琪在看赫特画画，亚瑟在看书，还有位客人，是鲍勃·韦斯特，他正安静地看着屋里的人。露易丝和贝丝都不在，她们去沙齐小站了，那里出了场事故，有个工人把手卡在了车厢中间。

鲍勃的店子就在隔壁，所以他常来办公室坐坐，几乎不说话。

他早年也曾闯荡世界，要是他愿意，倒有不少好故事，可以供三姐妹写出来。虽然他不说，但那股气质，确实和没见过世面的农夫不一样。他很少邀人上楼，要是有人进他房间，肯定会很吃惊，因为，里面摆满了书籍，还有从异国带回来的纪念品。

这么一说，大家应该能理解，为什么他对论坛报感兴趣了吧。因为这份报纸，他对三姐妹也是尊敬有加。久而久之，大家都习惯他了。他常常静静地走进来，不说话，一坐就是几个小时，离开的时候只是点点头，就算道别了。

今天，他最先发现，有一群人向办公室冲了过来。他立刻知道，麻烦来了。

下一秒，比尔就带头冲了进来，手里提着条长长的皮鞭。帕琪一看，脸都气红了，一下站了起来，怒视着这帮醉汉。

"退下，丫头。"塞泽凶狠地吼道，"我找的是那混蛋编辑。"说着，他举起鞭子，颤抖着指向亚瑟。

塞泽面对亚瑟,大喊道:"我妹妹是个乡下丫头,也不懂什么礼仪,但你敢在报纸上侮辱她,我绝饶不了你!"

"好样的,比尔!"他那帮狐朋狗友嚎叫起来。

亚瑟放下书,往后靠了靠,想要看清来的是谁。他坐在一张大桌子后面,上面堆满了报纸。

"小白脸,有种你出来!我非得好好治治你!"比尔边咆哮,边挥舞着手里的皮鞭,"你居然敢侮辱我们家的姑娘,赶紧出来受死!"

原本,韦斯特坐在角落里,看着这一切。听到这话,他站起来,淡淡地问:"出什么事了?"

"出什么事了?韦斯特,他在报纸上说我妹妹笑得可怕!"比尔吼道。

韦斯特一扬眉,问:"他真这么说了?"

"当然!白纸黑字写着呢!所以,我要用鞭子好好教训教训他!"

"说得好,比尔!"那群小混混又开始起哄。

比尔刚要跳过桌子去抓亚瑟,就听韦斯特说:"等等,比尔·塞泽,这事你做错了。"

"怎么错了?"比尔不耐烦地问。

"这么严重,光抽几鞭子怎么行,你妹妹受的辱,要用血来洗清。"鲍勃平静地说。

"天啊,韦斯特先生。"帕琪吓得倒吸一口凉气,紧紧捂住了嘴。

"呃……血?"比尔似乎也被吓到了。

"是啊!"鲍勃·韦斯特面不改色地说,"这么大的事,你起码得杀了他才行啊。"

那群小混混听了这话,都大喊道:"杀了他!杀了他!"

"好……好吧!"比尔在大家面前拉不下脸,只能硬着头皮说,"那…那我就杀了他!"

"等等!"韦斯特一把抓住比尔的胳膊,说,"这样杀他,法庭会判你谋杀!你得跟他决斗,这样法律管不了!"

"啥?决……决斗?"这下,塞泽彻底傻眼了。

"当然,这才是解决事情的法子。赫特,"说到这,韦斯特转头对画家说,"能不能麻烦你去我房间,把那个红色小皮箱拿过来。谢谢了,亲爱的。"

赫特本来在边看边笑,一听这话,闪电一样地蹿了出去。

她走之后,房间里陷入一片死寂,只有那群小混混,偶尔打个酒嗝。

帕琪早就吓坏了,她一下倒进椅子里,一句话也说不出来,只能一会看看鲍勃,一会看看比尔。这家伙,竟然想杀死她姐夫!

亚瑟也是面色苍白,他死死盯着鲍勃,似乎要责备他,怎么想出这么个馊主意。

办公室里一片寂静,人们可以清楚地听见,从布里格小姐的房间里,传来有节奏的敲键盘声。

办公室外却很热闹。这群人刚进镇子,梅尔维尔的人就全都知道了,他们早就丢下手里的活,围到了办公室旁边。他们进不去,就把脸贴到窗口上,努力想听清里面的对话。

没一会儿,赫特就回来了,把小皮箱放到了韦斯特面前。韦斯特一把将箱子掀开,只见里面躺着两把决斗用的手枪,枪管长长的,枪把是贝母做的。箱子里还有一罐火药和一些子弹。

韦斯特淡定地拿起一把手枪,填好子弹,说:"这是我从维也纳带回来的,据说,这对手枪见证过不少决斗。其中一把手枪,我也记不清哪一把了,杀过十来个人呢。既然你们要打,就得用有名气的武器。来吧!"

亚瑟和比尔,还有窗外围观的人,全都像着了魔一样,死死盯着那对手枪。

"鲍勃还真是个怪人。"佩吉悄声对铁匠说,"看来,他一点也不在乎这两人的死活啊。"

"韦斯特先生!"帕琪站起身来,大声说,"我不允许这种事发生!决斗跟谋杀有什么区别,这是违法的!"

"是啊。"韦斯特没抬头,拿起另一把手枪,一边填子弹,一边说,"这是违法的,不管哪个死,我都得蹲监狱。不过,这事关一个姑娘的名誉。你们在报纸里骂了莫莉,她哥哥就要为她讨回公道,而亚瑟是主编,自然要迎战。比尔,你枪法不错吧?"

"还……还行吧。"比尔的声音都在打颤。

"那就行,我听说,威尔登可是个神枪手呢。"

听了这话,亚瑟没做声。他心里清楚,在他鼻尖前面,放个西瓜大的靶子,他都打不中。

"准备好了吗?"韦斯特拍拍手,说,"先生们,跟我来。"

"你要干嘛,鲍勃。"比尔紧张地问。

"边走边说。"韦斯特抬脚就往外走,大家都跟了上去,那些趴在窗户上的居民,也连忙加入了人群。

"你们不能在大街上决斗,万一打到旁人就不好了。这排房子后面有条小路,很安静,正合适。你俩站在这,背对背,然后各自往前走,绕过这排房子,到小路上去。在那条小路上,只要看到对方,就可以开枪了。威尔顿先生,我想,比尔是一心想杀你的。既然这样,你可千万不要心软,要想活命,只能先杀了他。"

"可是……"比尔大喊道,"这不公平,是我找他报仇,怎么变成让他杀我了呢!"

"没事,比尔。"韦斯特安慰道,"老天看着呢,正义的一方肯定会赢。你不是说自己有道理吗,所以你肯定能杀了他。既然如此,你就给这可怜人个挣扎的机会吧。"

"事情不该这样啊!"比尔还是不服气。

韦斯特没理他,说:"决斗该开始了。"

"等等!万一他把我打死了呢!"

"怎么可能呢!"韦斯特说,"你是正义的一方啊,一定会赢的。虽然威尔顿先生是个神枪手,但老天站在你这边呢。快去,记得一到射程就开枪。这是决斗,不是谋杀,就算他死了,法官也不会重责你。"

"是啊,比尔!"他的朋友大声说,"韦斯特是治安官,他说的肯定没错。"

"我说的当然没错。"韦斯特一边说,一边让比尔和亚瑟背对背站好。他拿出那两把手枪,给了他俩一人一把。

做完这些之后,韦斯特又说:"好了,你俩都明白规则了吧,我都解释清楚了吧?各位乡亲来做个见证,一切都是按规矩来的,我并没有偏向任何人。这两位勇敢的年轻人,将在此为名誉而战。不管谁活下来,都将成为英雄,谁也不能再质疑他。不管谁死去，我们梅尔维尔镇的所有人，都将隆重地为他送行。"

比尔那帮朋友被这话深深打动了，一个个开始跟比尔握手，活像要送比尔上前线一样。

"预备！"韦斯特高声喊道，"一，二，三，开始！"

一听这话，背对背的两个人不由自主地走起来。那些镇民们也赶紧行动起来，一个个钻到房子旁的小巷里，往小路上看，他们可不愿错过决斗的那一刻。

亚瑟早就想好，他才不要被醉汉打成马蜂窝。为了一个印刷错误而死，这也太不值了吧。所以，走到街尾的时候，他没转到小路上，而是大步往农场走去。他要回家！

就在这时，他听见背后传来脚步声，而这脚步声离他越来越近！他吓了一跳，开始跑起来。可是，背后那个人跑得比他更快。

一只手重重地落在他肩上，把他硬生生扳了过来。原来是老鲍勃·韦斯特，他气喘吁吁地说："你这傻子，跑什么跑，另一个早跑远了！"

"跑远了？"亚瑟呆呆地重复道。

"哎呀，比尔·塞泽怎么敢拼命，他早就跑远啦。快，威尔登，跑到那条街上去，证明自己的清白，否则，我再也不跟你做朋友了！"

这下，亚瑟明白过来了。他连忙朝小路跑去，只见路边全是围观的镇民。他一边跑，一边使劲挥舞着手枪，大喊着："他人呢，他跑哪去了！怎么不像个男人一样出来迎战啊！"

看到亚瑟这样，一向没什么情绪的鲍勃，笑得肩膀直抖。

比尔当然没出现,他都已经快跑到家了,只留下那群狐朋狗友,哀叹自己怎么认得这么个懦夫。

与此同时,围观的镇民们爆发出一阵欢呼,都觉得亚瑟是个好汉,而比尔是个孬种。办公室里,帕琪终于松了口气,开始大笑起来。亚瑟走进来的时候,她一下蹿了过去,抱住了亚瑟的脖子。亚瑟刚要安慰她,就见她又蹿到了鲍勃面前。

"韦斯特先生,请一定原谅我。"她眨巴着水汪汪的大眼睛,说,"你刚说要让他们决斗时,我还以为你是个大坏蛋呢。现在我明白了,你是在帮亚瑟。亚瑟,快谢谢韦斯特先生,他让你免了一顿揍!"

"我一定好好谢他!"亚瑟忙说。

第十四章 危险的讯号

第十四章　危险的讹号

日子一天天过去了，《论坛报》成了梅尔维尔的骄傲。可爱的居民们都觉得报纸很神奇，老跑来办公室围观。

这段时间，三姐妹跟着布里格小姐学了不少关于日报的知识。她们不断努力，终于写出了像样的文章。现在，她们的文章读起来，那是有条有理，结构严谨。

贝丝年纪最小，写起社评来却经验老道，字字珠玑，连约翰舅舅都赞不绝口。

露易丝走街串巷，对新闻嗅觉敏锐，描述起来真是让人身临其境。

帕琪最忙，她要接收全世界的消息，可她不慌不乱，整理起来井井有条。

这个假期她们没休息一天，但她们一个个精力充沛，每天一大早就爬起来，迫不及待地要去办公室，开始一天的编辑工作。就连诺拉可口的早饭，她们也是匆匆扒几口，就赶紧出门了。

这天，帕琪突然对梅里克先生说："舅舅，我们不该在梅尔维尔办报纸的。再过几周，我们就要回城里了。要是当初我们把办公室建在纽约，就能一直办报纸了。"

"那这报纸可不会有人订。"贝丝还是那么现实，淡淡地说，"在纽约，我们办报纸，只会变成城里人的笑料。现在，想想第一刊，我就忍不住想笑。"

"可我们进步得很快啊！"帕琪争辩道，"现在，就算跟纽约大报纸比，《论坛报》也毫不逊色！"

贝丝笑了起来，约翰舅舅却很公正地说："在梅尔维尔，这报纸当然是头一份。虽然就四页，但我读起新闻来，却比读二三十页的报纸更舒坦。你们做得好极了，孩子们，恭喜你们！"

"可是，财政方面可不妙哦。"亚瑟挥挥账本，说，"星期四·史密斯来了，我们省了许多成本，但是，我们一直入不敷出，这样下去，你们的小金库还能撑多久？"

这下，姑娘们都不说话了。约翰舅舅没说什么，他为了报纸，已经付出了很多，这些，亚瑟都没有记在账上。比如说，付给美联社的信息费啦、电报费啦，还有电费啦，这些都是约翰舅舅掏的腰包。要知道，这可是很大一笔钱呢。

约翰舅舅不后悔，他甚至责怪自己，怎么没有事先再多投资点。他知道，侄女们为了这份报纸，都从小金库拿了很多钱。让他欣慰的是，就算如此，三个姑娘也没想过放弃，热情也没有消退。

这段时间，约翰舅舅一直在考验姑娘们，明里暗里也在帮助她们，只要她们敢尝试、愿意做，他就支持到底。

帕琪的父亲，道尔少校被这报纸吓了一跳。第一刊刚印出来，帕琪就迫不及待地寄了一份给他。看到报纸，道尔少校惊呆了，觉得梅里克先生肯定是疯了，竟然带自家女儿做这种事。等他合拢嘴，立刻给梅里克先生写了封信。信里是这么说的：

梅里克，你脑子是不是进水了，难怪你一直瞒着我呢，要是我早知道，一定会过去阻止你们。好吧，我不得不承认，这份报纸办得挺不错的，勉强也算是件杰作，毕竟是我家帕琪主编嘛。但是，我想问你，这有必要吗？对这种小镇子来说，日报没必要，周报没必要，甚至月刊都没必要！半年更新一次消息，就够他们乐了吧！你这纯属钱多了没地方花！

收到信后，约翰舅舅立刻回了封信：亲爱的道尔，来信已收到，你不是挺忙吗，管自己的事去吧！——好友：约翰·梅里克。

道尔少校拿到信后，没再说什么。他这人可别扭了，嘴里说不乐意，其实，寄去的每份报纸，他都仔仔细细看好几遍。每次看完，他都会小心翼翼地把报纸折起来，收藏在档案盒里。

道尔少校不赞成这个点子，但他很为女儿骄傲。他决定，在假期快要结束的时候去看看女儿，也看看"我家帕琪干大事的地方"。至于另外两姐妹，全被少校忽略了。对这位父亲来说，只要是女儿参与的事能办成，就肯定全是女儿的功劳。

说完少校这边，我们再来看看梅尔维尔。

轰动当地的决斗结束了，梅尔维尔论坛报对这事只字未提。

不过，赫特自己画了幅漫画。

画里有条小路，旁边全是围观的镇民。亚瑟·威尔登举着手枪，威风凛凛地站在那。远方，比尔·塞泽正惊慌地往家跑，活像只吓破胆的兔子。

大家都说画得好，佩吉·麦克纳要走了画，挂在他的办公室里，就在他自己那幅独腿画旁边。

比尔·塞泽退订了报纸，这是他报复的唯一办法了。

后来，鲍勃·韦斯特派了个小男孩过去，让比尔把手枪还回来。小男孩带回来的，除了手枪，还有张字条，上面错字连篇。

字条上写着：鲍勃·歪斯特先森，你害我不能抱仇，还害我像个sha子一样。你deng着，这事没完。七负我妹妹，你们别想好过。

现在，就算比尔那帮朋友，也不向着他了，他的名声算是毁了。

亚瑟也没有因此骄傲，他老实对姑娘们说，要不是鲍勃拦着他，他早就逃跑了。姑娘们并没有因此瞧不起他，反而觉得他做得对。

"你早就证明了自己是个勇敢的人，犯不着跟比尔拼命。"帕琪如是说。

一眨眼，决斗结束好几天了，梅尔维尔又出了桩大事。这事一出，大家就把塞泽忘在了脑后。这次，主人公是星期四·史密斯。

这事要从赫特说起。

这姑娘在纽约时，她会时不时去去剧院，跟朋友混混酒吧，又抽烟又喝酒。其实，她本性不坏，只是一直处于高压之下，身边的人都是这样排解的，她就被带坏了。大家也知道，她的编辑为了拯救她，把她解雇了，送到了乡下。在赫特离开之前，编辑跟她长谈了一番，所以她自己也很珍惜这次机会，想改变自己的人生。在梅尔维尔，她遇到了三姐妹，受她们的影响，她真正做出了改变，所以，她很珍惜这段友谊。

一开始，要改变真的很难。白天算轻松的，她可以在林中漫步，安心工作，不去想那些花天酒地。但是，到了晚上，她就开始渴望过去的生活。好在她意志力不错，所以坚持了下来。

问题是，即使她坚持下来，夜晚的情况却并没好转。每夜她都失眠，躺在床上数绵羊也没用。没办法，她只好在大家熟睡的时候，偷偷溜下床，去外面转悠。通常，她会在外游荡一夜，直到天亮的时候才回去。

为了让自己不想烟酒，她总让帕琪多派点活给她。说实在的，漫画她几小时就能画完。有时候，她灵感来了，二十分钟就能画完。

"再给我点事做吧！"每次，她都会摇着帕琪的手臂，说，"让我排版吧！不然收电报也行啊，我收电报可在行了！或者让我写个专栏，偶尔就行，不会抢你们饭碗的！"

可是，帕琪总是摇头，说："赫特，你负责画画就行，这份工作很重要。剩下的时间，你就安心享受，好好休息，这样身体才会好起来。你看，来梅尔维尔这段时间，你气色好多了。"

白天休息多了，赫特晚上就更睡不着了。有时候，她会跑去办公室，看星期四·史密斯印报纸。这些机器像活人一样聪明，把报纸印得漂漂亮亮，叠得整整齐齐。

史密斯话不多，所以，赫特也不说话，只是静静坐在一边。久而久之，两人就产生了感情。深夜，报纸印完了，两人一起整理好后，史密斯就会送赫特回旅馆，然后才回自己租的小屋。虽然，旅馆离办公室近得很，但赫特还是很愿意史密斯送她，也很享受每天那句简短的"晚安"。

一般，史密斯走后，赫特还是不能入眠，她会再偷溜出去，在月下散步，一直到天亮。

这天，史密斯如往常一样，把赫特送到了旅馆，两人说了晚安之后，史密斯就离开了。赫特等史密斯走远后，就走出了旅馆，在街上逛了一圈。可是，等她逛回来的时候，还是一点睡意都没有。她叹口气,决定去小比利溪,在老磨坊边坐坐。

赫特刚走到办公室,就听见一阵奇怪的嘎吱声,像是有人在敲窗户。她忙停下来,弯下腰,往办公室那靠近了些。这时,她看见窗边有两个人,而窗户已经被撬开了条缝。她刚要再靠近些,就有人从窗户翻了进去。没过一会儿,那人就出来了,两人把窗户关好,往赫特藏身的地方走来。

赫特吓了一跳,想要跑。可她突然想起,自己穿了身黑裙子,又躲在阴影里。于是,她紧贴墙壁,一动不动地站着。那两人偷笑着从她身边经过,一点也没发现她,但赫特认出来,这两个竟是造纸厂的工人!

其中一个压着嗓子说:"应该成了。"

另一个低声说:"肯定能成。"

然后,他俩就趁着月黑风高,匆匆离开了梅尔维尔。

赫特在原地愣了一会,想该怎么办。突然,她有了点子,连忙跳起来,往索恩家跑去。她绕到史密斯的小屋旁,使劲敲起了窗户。然后,她听见史密斯跳了起来,"唰"一下打开了窗帘。

"谁?"他低声问道。

"是我,赫特!"她急急忙忙地说,"刚有两个工人,撬开了办公室的窗户,什么都没偷,就匆匆忙忙跑走了。史密斯,怕是要出大事!"

她说话的这功夫,史密斯已经迅速穿好了衣服。

"等我!"说完,他冲向房门。没几秒,他就出来了,开始往办公室跑去。

一路上,他什么也没说。赫特怕极了,一直跟在他后面。很快,他们就来到了那扇窗户面前,史密斯麻利地翻进办公室。刚打开灯,他就大喊道:"赫特,快跑!"

赫特没跑,而是冷静地说:"要是危险,你就赶紧出来,我们一起跑!"

但是,史密斯没有出来,而是继续大喊:"别管我,快跑!不然来不及了!"

他的声音那么凄厉,赫特浑身打了个抖,掉头就跑。她一口气跑到旅馆里,这才气喘吁吁地回头看。

只见史密斯已经从窗户跳了出来,正没命地往外跑。他手里举着个东西,飞快跑到小路的尽头,一直跑到了荒野里,才把手里的东西甩了出去。

然后,他又开始没命地往回跑,活像后面有千军万马在追他。这时,黑暗里闪过一道光,只听一声震耳欲聋的巨响传来,连远处的山峦都被晃动了,像是突然地震了一样。这时,史密斯刚跑到小路上,被气浪一推,直接滚倒在赫特脚下,面朝下趴着,一动不动了。

这时,梅尔维尔的人们也吓醒了,开始叫喊起来。赫特看着史密斯,两眼瞪得圆圆的,扑通一声跪倒在地,颤抖着双手,把史密斯翻了过来,抱在怀里。

过了一会儿,史密斯睁开了双眼,在赫特的帮助下,颤巍巍地站了起来,看着她含泪的双眼,惨笑着说:"亲爱的,好险。还好你及时发现,不然,整个镇子都要遭殃了。"

赫特没说话,她满脑子都是史密斯决绝的背影,那个为了拯救镇子,抱着要命玩意一路飞奔的背影。

这时,镇民们已经全跑到了街上。老人、女人、孩子们互相安慰，男人们则高声议论，想知道刚刚的爆炸是怎么回事。

"嘘，赫特，什么都别说。"史密斯悄声警告道，"让他们知道真相，对我们没好处。"

她点点头。是啊，要是居民知道造纸厂对办公室的仇恨，已经威胁到每个人的安全，那居民们可能会赶走他们。

她一边发抖，一边低声问："真是炸药？"

"嗯，是个炸弹。先别说了，小心他们听见。"

这时，有个男人在荒野里发现了大坑，镇民们"呼啦"一下围了过去。这些居民从没见过炸弹，但是，看着坚硬的土里多了个大坑，他们全都猜到，这绝对是炸药干的。

鲍勃·韦斯特回头看了眼办公室，精明的治安官已经发现，这个坑跟办公室在一条直线上。然后，他看了眼面色惨白的史密斯，就明白了一切。他暗暗念了声："好你个欧乔伊·博格林。"在村民们围上来问话的时候，鲍勃只是不动声色地摇头。

这场爆炸还是造成了些损失，好多窗户都裂了，旅馆的烟囱也倒了，好在没人受伤。大家议论纷纷的时候，史密斯已经回到了房里，筋疲力尽地倒在了床上，很快睡着了。可是，直到居民们全都回家了，赫特还是没有睡意。

她走到了大坑边，坐了下来，呆呆地盯着黑乎乎的坑底。现在，她脑子乱得很，各种思绪在窜来窜去，但是，她耳边始终回荡着史密斯那句："亲爱的，好险。"

那声"亲爱的"真是喊得她心都乱了，回想着史密斯的样子，赫特的心里多了种奇异的感觉。

第十五章　聪明的点子

关于这场爆炸案，史密斯和赫特一个字也没说。但是，爆炸坑就在那，所有人都看到了，大家不由得猜测纷纷。怎么回事呢？怎么会有人在那放炸弹呢？

梅里克先生也听说了这事，他的表情一下严肃起来，看着三个一无所知的侄女，他不由得有些担心。虽然这老头性格像个孩子，但他并不笨，多年闯荡世界的经验，让他很快理清了线索。

一开始，史密斯为了保护姑娘们，惹恼了工厂的工人们。后来，自己雇用了史密斯，斯基狄先生要求自己解雇史密斯，自己没答应。于是，斯基狄威胁说要给办公室断电，可惜合同摆在那，他没胆子违法，只好威胁说要工人们来闹事。在那个关键时刻，欧乔伊·博格林，斯基狄的合伙人出现了，收买报纸不成，恼羞成怒。欧乔伊和斯基狄都想报复，两人一拍即合，给工人一说，就有人不顾一切代价，来毁掉办公室。

这么一想，梅里克先生猜到，炸弹一定是工人放的。他想不通的是，为什么这个炸弹会在荒野炸开，办公室却一点事都没有。他觉得这是个警告，要是自己再不采取措施，造纸厂就要来真的了。

一想到侄女们可能受伤，约翰舅舅一下紧张起来。

其实，要想解决这个麻烦，办法有很多，比如说，可以去给欧乔伊·博格林道个歉；可以把史密斯解雇了；或者干脆不办报纸回纽约去。现在，约翰舅舅在认真考虑这些，为了保护侄女们，他愿意付出任何代价。

他在家细细思索，姐妹几个已经和亚瑟一起去了办公室。

此时，乔·维格正如往常一样，赶着车，从汤普森路口来到农场，想和梅里克先生聊聊。维格农场原来是乔的，后来卖给了梅里克先生，他俩也因此结了缘。

别看乔还年轻，他已经在外面闯荡了很久。从小他就有机械方面的天赋，父亲去世后，他离开小镇，想去见见世面。可是，几年过去了，他收获的只有泪水和失败。于是，他回到沙齐郡，娶了一起长大的伊赛尔·汤普森。结婚后，他发现早年老爹的一笔投资，竟然让他发了大财。于是，他卖掉农场，过起了悠闲的日子。

伊赛尔的曾祖父叫比利·汤普森，他是最早来到沙齐郡的人。大家还记得小比利河和小比利山吗？这些都是他命名的。而且，那座标志性的老磨坊，也是这位比利一手建成的。

自从娶了比利的曾孙女，乔就成为了沙齐郡的重要人物。他的性格很好，大家都很喜欢他。

来到农场，乔和梅里克先生打了个招呼，两人就坐了下来。正好，乔问起头天晚上的爆炸，约翰舅舅就说出了他的怀疑。

"他们说要建厂子，我就很抵触。"听了他的话，乔感叹道，"大多数工人都是国外来的，又野蛮又凶残。原本，沙齐郡很宁静，他们来了之后，情况就变糟了。每周六晚上，他们都会跑来大闹一场，有时候喝高兴了，还会闯进民房。我跟鲍勃·韦斯特说过这事，他临时提拔了朗·塔夫特和赛斯·戴维斯，让他们周六晚上巡逻。不过，他也说了，工人数量多，光两个巡逻的根本管不住他们。没办法，我只好去找斯基狄先生，希望他能管管手下。结果他说，非工作时间他管不了这些工人，而且，就算是工作时间，这些工人也不服管。"

"看来，斯基狄管不了，也不想管。"约翰舅舅若有所思地说，"斯基狄占的股份多，博格林又完全不讲理，所以，要想换个管事的也不可能。唉，就算工人要炸平梅尔维尔，斯基狄也不会管吧。"

"肯定不会管，他很怕那帮工人。"乔点点头说道。

约翰舅舅没说话，屋里一下静了下来。

"你说，斯基狄威胁过你，要切断电源？"过了一会儿，乔说，"我倒有个点子。你看，伊赛尔的农场用不着我干活，我每天都闲得很，不找点事做，我就浑身不舒服。既然农场没事干，我就为沙齐郡办点事吧！你看，小比利河的水不仅流经罗耶尔，也流经老磨坊。我打算在那建个发电厂，你看怎么样？那里发的电，应该够梅尔维尔和亨廷顿用了！"

约翰舅舅点点头，说："这点子不错啊，乔。"

得到梅里克先生的赞同，乔更来劲了，他接着说："电力可是推动文明的重要动力！我敢说，只要价格合理，沙齐郡的人肯定会买电用。木材不用愁，主要花费还是电线。一开始，我可能会亏，但是，过不了多久就能挣回来。又能挣钱，又能打发时间，何乐而不为呢！"

"电够我的办公室用吗？"约翰舅舅笑着问。

"当然够！应该还够开好几个工厂！只要有了电，更多工厂会慢慢开到梅尔维尔来！"

"既然决定了，就快点动工吧。我感觉，过不了多久，斯基狄就要跟我们撕破脸了。"

听了这话，乔得意地一笑，说："你可要原谅我，我是先动手，再来问你意见的。我已经把西拉斯家的厂子买下来了，他早就想卖了。"

"好极了！"约翰舅舅哈哈大笑道。

"我连发电机都买了，过几天就能运到！"

"太棒了！"约翰舅舅激动得胡子都翘起来了，他拍拍乔的肩说，"好家伙，你可是解决了我一个大问题！"

"对了，梅里克先生。"乔试探着问，"为了应付斯基狄，你要不要解雇星期四·史密斯？"

"不用。"

"他是个聪明人，可以来我的发电厂工作。"

"谢谢你，乔。"梅里克先生诚心道了个谢，坚定地说，"但这没用，只要他在梅尔维尔，造纸厂工人就会不停地报复。要想让工人满意，就只能把他赶出镇子，但我绝不允许这事发生。他没做错事，我已经请了纽约的大侦探弗杰里，帮忙查他的身份。只要他没干过坏事，我就不会抛弃这个年轻人。"

"你说得没错，先生。"乔点点头，说，"就算没有星期四·史密斯，工人们一样能找个由头闹事。他们对于镇子的危害，那是有目共睹的。先生，你放心，我们都站在你这边。"

"我只担心他们会伤害我的乖侄女们。"

"晚上让她们别待在办公室。"乔建议道，"白天还是很安全的，要有什么事发生，那肯定是晚上。就算半夜，办公室被炸飞，姑娘们也不会受伤。"

"但愿吧，乔。你说，这事怪不怪，梅尔维尔这么个被遗忘的小镇，居然会有这种事发生。不过，要我对造纸厂的恶势力低头，这绝不可能！要是斯基狄管不好工人，我来替他好好管教！"

两人又商量了些细节，约翰舅舅就坐车去了镇里，他要发封电报给弗杰里。

第十六章　居民的作品

约翰舅舅和弗杰里在这边密谋，镇里却出了件趣事，而事情的起因，竟是因为贝丝的一篇文章。

文章里写道：最近有位作家，靠在报纸上发表短篇小说获得大笔财富。该作家的作品广受读者好评，据说，他每写一个字，都值50美分，每篇小说均能获得30美元~50美元。据该作家称，短篇小说为他带来的收益，远超其他作品。

这篇报道一出，佩吉·麦克纳和斯基姆·克拉克就动起了脑筋。

那天早上，他俩坐在门廊上，佩吉慢吞吞地读着文章，斯基姆越听眼睛瞪得越大。

"30美元啊！"斯基姆大喊道，"我的天，佩吉，我决定了！"

"决定什么了？"佩吉挪开面前的报纸，好奇地问。

"我也要写短篇小说！"斯基姆信心满满地答道。

"你？要写小说？"佩吉瞪大了眼睛。

"这有什么难的！"斯基姆说，"我和妈妈订了好多杂志，每本我都认真看了才卖出去。各种各样的，我都读过，要写，肯定也没什么难的！哎，佩吉，你说，我要是写一篇卖给《论坛报》，他们会不会给我30美元啊！没准会给我50美元！"

"他们说30美元~50美元，那也可能是40美元！要知道，那家伙每个字都值50美分呢！"

"是啊！不过，他是个大作家。唔，论坛报要是给我30美元，我也能勉强同意！"

"确实如此！斯基姆！"佩吉很是赞同地点点头，说，"对了，等发表的时候，让他们把你的照片登上去！咱们梅尔维尔出了个作家，这可是件大事。斯基姆，真是看不出来啊，你还有这手！"

"哎呀，之前我也没往这方面想。"年轻人挠挠头，谦虚地说，"以前我老想着挣钱，却没想过怎么挣合适。佩吉，连读个报都要花钱，那读个故事肯定更得花钱。我想好了，要想成大富翁，我就得走这条路。看着吧，我一定要写出个好故事，让那些姑娘们大声叫好！"

"写个印第安人的故事吧！"佩吉两眼发亮，说，"我都好多年没读过这种故事了，你快写一个！"

"不行，这都老掉牙了！"斯基姆头一昂，说，"现在的人，喜欢的是侦探小说！瞧这个，菲勒看见篱笆上有个洞，说：'哈！这里发生过一起谋杀案。'旁人一看，忙问为什么，大侦探掏出个放大镜，说：'你们看，这是个弹孔，周围有血迹，说明，这颗子弹先是穿过人体，然后才穿过篱笆。'这时，有个人问：'既然如此，尸体在哪呢？'大侦探点点头，说：'这，就是我们接下来要调查的。'瞧，然后就可以写，他们怎么发现尸体，怎么找到凶手。"

"我的天，好棒！"佩吉佩服地看着斯基姆，说，"你真厉害！"

"哈哈，我妈常说，我很有天分，只是她还没发现在哪。"

"就这么决定了，你来写小说！"佩吉嬉笑着，说，"斯基姆，你看，要是我不读报纸给你听，你还想不到写故事。等你拿到50美元，分我一点，就当报答我，怎么样？"

"不行！"斯基姆斩钉截铁地说，"这主意是我自己想的，跟你可没关系。再说了，不管拿到30美元还是50美元，我已经想好怎么花了。"

佩吉叹了口气，不过，很快他又眼睛一亮，说："哎，我写过诗。你说，我要是给他们首诗，他们会不会给我钱？"

"诗？什么样的？"斯基姆好奇地问。

"听着啊！"佩吉清清嗓子，开始背道：

"我大声感叹啊
我要飞
飞得高高啊
上天飞
只可惜啊
翅儿不愿飞
飞不上去啊
只能说拜拜
说拜拜。"

"我的天啊！"斯基姆瞪了他一眼，说，"这哪算是诗啊！"

"怎么不是诗！押韵的啊！"佩吉硬着脖子说，"就最后一行没押韵嘛！"

"押韵是押韵。"斯基姆撇撇嘴，说，"但确实不是诗。"

"等那些编辑给我钱，你就知道这是诗了！"佩吉也不跟他争，得意洋洋地盘算着。

两人又聊了聊，就散了。斯基姆回到他家的"百货商店"，从仓库里拿了几张纸，打开瓶墨水，往客厅里一坐，就要开始创作。

克拉克太太一看，竖起眉毛，瞪起眼睛，大骂道："要死哟，没见过你这么浪费钱的！"

"哎呀，你懂什么啊，妈！"斯基姆挥着双手，说，"别吵我，我在给论坛报写小说，值50美元呢！"

"啥？50美元？"

"最少30，多的话就有50。"斯基姆咬着笔头，突然问，"妈，你说，一个侦探叫啥好？"

听了这话，老寡妇一屁股坐了下来，那双粗糙的大手激动得不知放哪好，只好一下又一下揉着粗布围裙。虽然听不懂儿子说啥，但她自豪地看着儿子，柔声问道："好孩子，你能行吗？"

"只要我努力，总有一天，我能拿到50美元！"斯基姆很有自信，"你看，就算一天30吧，一周6个工作日，能拿180，一个月就是720，一年就能挣8000多呢！还好地主家有钱，不然哪付得起这么多呀。好妈妈，你要想儿子有天自己当地主，就赶紧想个侦探的名字吧。"

"福尔摩斯·夏洛克。"老寡妇挑了个耳熟的名字。

"不行不行，这名字有人用过了。"斯基姆想了想，说，"就叫怀仪·阿尔杰农，怎么样，侦探们随时都在怀疑！"

"不错，阿尔杰农真好听！"老寡妇喜滋滋地说，"就用这个，斯基姆。"

斯基姆在桌前坐了一整天,深夜也还没休息,可是,大多数的时间里,他都在拿笔乱画,寻找灵感。克拉克太太不敢吵他,走路都踮着脚。到了不得不睡觉的时候,斯基姆已经不知道该怎么写了。好在睡了一觉,第二天中午,他终于写出了结局。

"等我多写几部!"斯基姆捧着小说,兴奋地说,"到时候,我一天一本,绝对没问题!这本我是额外花了心思的,毕竟是第一本嘛!"

克拉克太太连忙接过小说,仔仔细细,想从不出众的文字里,读出点大师的味道来。

"斯基姆,写得真好!"她合上书,意犹未尽地说,"但是,你没写,为什么凶手要杀那姑娘啊。"

"这不重要啊,反正他就是杀人了。"

"对了,你的拼写是不是有点问题?"克拉克太太小心地问。

斯基姆像是被人狠狠戳了一下,脸气得都红了,一把抢过小说,吼道:"反正看报纸的人肯定能看懂!"

克拉克太太疑惑地说:"可是,我有几个词没懂啊。"

"编辑会改过来的!"斯基姆生气地说,"妈,你怎么这么多意见啊?你是不是觉得,自己比我会写小说?"

"不不不。"克拉克太太忙说,"我没这本事,你有!"

"我得买台打字机。"斯基姆这才消了气,说,"等我挣个三四百,我就去买台二手的。"

"最好买台能纠正拼写的。"克拉克太太嘟哝着,拿过他手里的小说,仔细地卷起来,然后用一条粉丝带系好。

斯基姆穿上衬衣，打好领带，带着他的处女作，大步朝报纸办公室走去。

帕琪友好地问他来干嘛，斯基姆整整领带，说："我有份作品，想要在报纸上发表。"

帕琪惊讶地瞪圆了眼睛，问："你自己写的？"

"没错，道尔小姐，我写了篇小说！"

"噢！"

"是篇侦探小说。"

"天啊，快给威尔顿夫人看看，她是我们的文学编辑。"

露易丝就坐在旁边，听到这话，抬起头，伸出手来，找他要那卷扎了绸缎的纸。

"我想问问，"斯基姆一边将纸卷递过去，一边说，"这篇小说，你们打算给我30，还是给我50。"

露易丝早就不记得贝丝的报道了，听了这话，迷茫地眨了眨眼睛。她低下头，小心地拆掉绸缎，展平纸卷，读了起来。刚看到潦草的标题，露易丝就乐得翘起了嘴角。

"怀仪·阿尔杰农。"她大声念道，

"在一个夜黑风高的晚上，正是早村（春），雪落在大地上，轻轻。斯基姆，你怎么想到写小说的？"

"为了挣钱！"斯基姆大胆地说，"我一天能写一篇，就能挣30，以后吃穿不愁了！"

听了这话，帕琪咯咯笑了起来。露易丝拿着稿子，却怎么也笑不出来。这篇小说错字连篇，语法也很成问题，她实在不知道该怎么说，才能让斯基姆知难而退。

"克拉克先生，恐怕，这篇小说不能发表。"她回想着自己稿子被拒时,编辑的说法,尽量温柔地说,"您的小说写得非常好,只是我们目前不需要此类稿件。"

斯基姆失望极了,颤抖着双唇问:"你们不要我的小说?"

露易丝狠狠心,说:"我们手头的稿子够多了,现在不需要新的。"

看见男孩可怜的样子,她心一软,说:"你的故事写得很好……"

斯基姆大声说:"这是最好的故事!"

"可是,我们没法登在报纸上。"露易丝说完,把纸卷还给了他。

斯基姆难过极了,他没想到,《论坛报》竟然不要他的稿子。

"你们都是骗子!"他大喊道,"明明在报纸上说,一篇小说能卖30美金,我写好故事,来卖给你们,你们却一毛钱都不给我!"

"故事也分三六九等啊。"露易丝耐心地解释道,"有的作家,既有天赋,又有经验,写出来的故事就好。而且,发不发表也看时机。有时候,报社的存稿多,就不会买新的故事。斯基姆,就连我自己的稿子,也常常被报社退还呢。"

可是,男孩还是很生气,他固执地说:"你们不要,我就投给穆西报,到时候你们就后悔吧!"说完,他都快难过得哭出来了。

露易丝忙说:"好,克拉克先生,只要穆西报登你的故事,你写的下一篇,我们就花50美元买下来!"

"记住你说的话,我肯定能拿到50美元,等着吧!"说完,他就像个闹别扭的小学生一样,跑出了办公室。

"哎,露易丝。"帕琪遗憾地说,"你干嘛不先给我看看,那小说一定比马戏团还有趣!"

"可怜的孩子。"露易丝叹了口气,说,"我也不想打击他。我怀疑,他已经没勇气把稿子送去穆西报了。"

帕琪还没来得及说话,门又被打开了,这次,进来的是佩吉·麦克纳。

佩吉早就躲在门口,等斯基姆一出来,他就迫不及待地冲了进去。他早就想好了,连斯基姆都能写稿子挣钱,他佩吉为啥不能呢。于是,他想了大半个晚上,终于在清晨时下定决心。他是不会写小说,但他会写诗啊!

一早,他就把以前写的诗拿了出来,一遍遍地读,越读越觉得好。他认为,斯基姆说不好,那纯粹是出于嫉妒。读了几遍之后,他喜滋滋地拿出张信纸,用大写字母把诗誊了一遍,小心地揣在怀里,要去给编辑们看。

"帕琪小姐,你看,我写了首诗。"真来到了办公室,他却有点不安了,因为,他怕姑娘们也说不好。

"啊?又有一份投稿?"帕琪惊讶地问,"佩吉,这镇子怎么突然刮起文学风了?"

"没有,也就只我和斯基姆两人。"佩吉不好意思地挠挠头,说,"他说我的诗不好,但我自己挺喜欢的。"

"让我看看。"帕琪连忙朝他要稿子。这次,她没让露易丝把关,露易丝也乐得看热闹。

佩吉把信纸递过来,帕琪一看,就笑着说:"露易丝,贝丝,快听!"

两姐妹抬起头,帕琪清清嗓子,开始念:

"我要飞得更高

作者：梅尔维地产店老板，佩吉·麦克纳

我大声感叹啊

我要飞

飞得高高啊

上天飞

只可惜啊

翅儿不愿飞

飞不上去啊

只能说拜拜

说拜拜。"

她一念完，姐妹几个就笑了起来，帕琪更是笑得眼泪都出来了。她抹抹眼睛，说："佩吉，你不仅有才气，还很有幽默感，这绝对是我读过的最棒的短诗！"

"写得是挺短，我不会押韵了。"佩吉不好意思地说道。

"老天，这可真是杰作啊！"帕琪笑得喘不过气了。

"好了，亲爱的，别拿他开玩笑了。"露易丝责怪地说。

"开玩笑？"帕琪顺了顺气，说，"我才没开玩笑呢，我要把这诗刊出来，不刊我就不叫帕琪丽夏·道尔！"

"这……"佩吉真是又惊又喜，说，"这个值50美元吗，还是……"

"这个值50美元，"帕琪笑着说，"减49。虽然，你这诗只值50美分，不过，我这么大方，就付你1美元吧！等着，我给你现金！"

"谢谢！"佩吉有些高兴，又有些失落，他犹豫着说，"虽然不如我期望的多，但是……"

"但是什么？"帕琪好奇地问道。

"但是，我的期待还是满足了一点点！"佩吉说，"我也希望，自己每天都能写首诗，挣1美元。不过，这诗是我年轻的时候写的，那时我还有梦想，现在不行喽。"

"佩吉，这样也好。"帕琪安慰他说，"这样的诗，一家报纸最多就敢刊一次，哈哈。刊多了，我们万一火了怎么办，要知道，我们都是低调的人呀。"

佩吉没太明白，但他还是点点头，问："你们会把我的名字印上去吧？"

帕琪点点头，说："当然，就照你写的印！"

这期报纸出版后，佩吉买了三份。他仔细用相框把它们裱了起来，一份挂在店里，一份挂在客厅里，还有一份挂在卧室里，这样，他不管走到哪，都能看见自己的作品。

看见这期报纸，居民们都为佩吉骄傲，当然，除了斯基姆·克拉克，他实在想不明白，自己的大作被拒了，这篇乱七八糟的诗却登上了报纸。

老寡妇克拉克也很生气，她反复跟邻居们说："那个佩吉根本不会写诗，他那是从杂志上抄下来的！那些蠢丫头，根本没发现！"

几天之后，佩吉又来到了办公室，一副春风得意的样子。

"天啊！"帕琪站了起来，问，"你不会又写了一首吧！"

"不是的，帕琪小姐，我来改改名片！"他乐滋滋地问，"要多少钱啊？"

"你想怎么改呀？"帕琪一边研究他的旧名片，一边问道。

"原来是地产商人。"佩吉不好意思地说，"改成地产商人和诗人，要多少钱？"

"不要钱！"帕琪笑着说，"佩吉，我们免费给你改！"

第十七章　布里格小姐离开了

说完梅尔维尔的趣事,我们也该回头看看乔这边了。

乔·维格和约翰舅舅商量好后,就开始行动了。他雇了两个年轻人,说是让他们修整老磨坊,好把发电机放在那里。

两人看起来都很精明,也很有干劲,刚到地方,就开始忙碌起来。

那天夜里,赫特溜达到办公室里,看着史密斯做事,突然说:"星期四,镇上好像来了个侦探,没准两个都是。"

"你怎么知道的?"

"有一个看起来很眼熟,他以前在城里很出名,经常查些疑案。他们说是来建发电厂,但我不信。"

史密斯沉默了一会儿,说:"看来,是梅里克先生雇来的。"

"没错,我想,他是在怀疑炸弹的事。"

史密斯淡定地说:"他应该解雇我的。"

"不,他不是那种人。如果他不聪明,不坚持原则,怎么可能成为百万富翁。我相信,他肯定能粉碎斯基狄的阴谋!"

"也许,我该自己辞职。"

"别呀,梅里克先生这么欣赏你,你最好还是待在他身边。我想,这些侦探过来,是保护你,也是保护报纸办公室的。下次,他们再想装炸弹,就没那么容易了。"

史密斯停下手里的工作,抬头看了眼赫特,眼里闪烁着别样的光彩。

"赫特,你比任何侦探都出色。"他笑着说,"要不是你,那夜就危险了。"

赫特有些不好意思地说:"那是碰巧,史密斯。"

今晚,是他俩说话最多的一次。真奇怪,两人明明都很健谈,碰到一起,却老是说不出话来。

每夜,赫特都来办公室,一言不发地看史密斯印报纸。等史密斯把所有报纸印完,他俩就一起整理。然后,史密斯去洗手换衣服,她就在一边翻看报纸。有时候,一整夜,他们都讲不了两句话。不过,每晚史密斯都会送赫特回旅馆,走之前,两人也一定会道晚安。

发电厂的工作还在进行中,报纸办公室却发生了件大事。

原本,三个姑娘都没有办报纸的经验,多亏布里格小姐帮忙,才让报纸顺利办出来。这天,布里格小姐突然要辞职了,大家一下就慌了。

姑娘们再三追问,布里格小姐才说,是因为最近那起爆炸案。而且,她也担心,工厂的工人们会再次袭击。她觉得镇子太小,又没有警察保护,待在这里太危险,所以,她要回纽约。

"其实,我也有些想家了。"她叹了口气,接着说,"不工作的时候,我是很孤独的,所以,我一直给自己找事做。说真的,能在这种地方待这么久,我自己都很惊讶。好了,我已经决定要回去了,你们再劝也没用了。"

布里格小姐说别劝,但三个姑娘还是说,愿意给她涨工资,还搬出了梅里克先生,他俩长谈了一番,可布里格小姐非回去不可。

"这可怎么办啊,星期四!"帕琪绝望地瘫在椅子上,说,"我们没人会收发电报啊!"

"赫特,赫特会。"星期四说。

"真的?"帕琪坐直了身子,有些不安地说,"我好怕,万一她也跑了怎么办?"

"她不会的。"星期四肯定地说。

"那也没用啊,就算她能收发电报,谁晚上待在办公室,把收到的新闻编辑好呢?舅舅肯定不会让我们熬夜。话说回来,就算他准了,我们也不会选素材,不会排版啊!"

"我都可以做,道尔小姐。"星期四说,"我早发现布里格小姐不想留在这里了,所以,我一直在观察她干活,现在也学得差不多了。如果你放心的话,我可以负责白天的电报收发,让赫特负责晚上的电报收发。当然了,我本身的打印工作,我也会好好做的。"

"天啊,星期四!"赫特大声感叹道,"你一个人,完全可以发行一份报纸了!"

"不不不,我不会排字。"星期四·史密斯认真地说,"所以,负责排字的姑娘们可不能走。还好,我看她们对这里还是挺满意的。"

"唉,她们满意就好。"帕琪叹了口气,说,"现在,靠得住的就只有你了!"

对于这句奉承,史密斯显然很满意,不过,他什么也没说。

帕琪和露易丝、贝丝讨论之后,就放心地把这份工作交给了赫特。赫特高兴极了,她正愁没事干呢。而且,晚上编辑新闻,可算让她有正当理由多和史密斯待一阵子了。

就这样,布里格小姐离开了,报社的工作却还在正常运转着。

"新闻人就这样!"听说这事之后,来农场度假的道尔少校感叹道。当然了,这些"新闻人"里可不包括他的宝贝女儿。他安慰帕琪道:"新闻人不可靠,高兴就来,不高兴就走。不过,就算如此,也没见哪家报纸停刊啊。所以啊,小丫头,别担心了,就算你的小黄脸画家和万能流浪汉也走了,你的报纸还是能找到法子办下去的。"

"不!"帕琪嘟着嘴,说,"史密斯这么可靠,绝对不会走的;赫特那么喜欢我们,也不舍得丢下我们。倒是那些排字员,她们要是走了怎么办呀。"

道尔少校哈哈一笑,说:"这有什么要紧,我们就用活字印刷啊,多雇点排版工人就是了。"

"也行!"帕琪的眉头终于松开了,她笑着说,"等她们真要走,我们再操心这事吧!"

"没错!"道尔少校眨眨眼,说,"毕竟,就如你爷爷,伟大的海军准将所说,到了河边再找桥!"

这时,约翰舅舅插嘴道:"帕琪,别听你爸的,这话根本不是你爷爷说的。"

"绝对是!"道尔少校喊道,"不然是谁说的!"

约翰舅舅抱着茶杯,淡定地对帕琪说:"说起来,你根本没有爷爷,就算有,也肯定不是个准将。'

这下,少校激动地跳起来,说:"明明是!我还有他的军功勋章呢,就是不记得放哪了!"

两老头跳着吵闹,帕琪却一点也不担心,虽然舅舅和爸爸总这样,但他们感情好着呢。她往椅子上一靠,说:"现在,报纸算是走上正轨啦。我们几个都忙坏了,但忙得很开心。说实话,当编辑,是我这辈子最高兴的事了!"

听到女儿这么说,少校忙问:"办报纸挣了不少吧?"

亚瑟终于忍不住笑了出来,他说:"我刚把开支和收入都算出来了,当然,第一个月不算,那时我们刚起步。"

"结果如何?"少校期待地看着亚瑟。

亚瑟翘着嘴角,说:"卖一份报纸,我们挣1分钱。做一份报纸,我们却要花88分。"

这下,屋里没人说话了,大家都瞪大了眼睛。

好一会儿,少校才尴尬地咳了一声,他小心翼翼地问:"看来,发行量不大?"

亚瑟严肃地说:"据我统计,是报界发行量最小的。"

"那又如何?"露易丝用优雅的声音,慢慢说道,"我们办报纸,又不是为了挣钱。能花钱学到东西,积累到经验,我们心甘情愿。"

少校扬了扬眉毛,亚瑟轻轻吹了声口哨,约翰舅舅满意地笑了。虽然,三人对这话各有解读,但他们都不约而同地保持了沉默。

第十八章　正式宣战

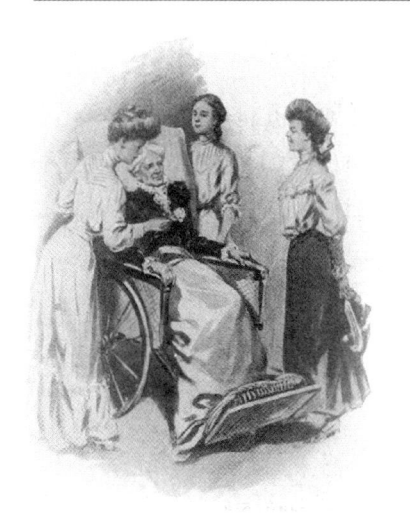

农场里，一家子正在享受天伦之乐。磨坊边，乔·维格却在忙个不停。

发电机一到，工人们就把设备安装好了。年轻人就是精力足，乔也不休息一会儿，就催着工人把管道备好，一路把电线接到了汤普森路口。当然啦，他也没忘了专门分一条线出来，接到自家农场去。

过了几天之后，所有线路都接好了，梅尔维尔的居民们激动坏了，全都挤在街上。当夜色降临，路灯亮起来的时候，大家全都兴奋地跳了起来。

为了庆祝发电厂建成，乔在磨坊边办了个篝火晚会，还发表了篇精彩的演讲。然后，梅里克先生出钱，为镇民们提供了免费的大餐。大家坐在杂货铺对面的大堂里，喝着上等的咖啡，说说笑笑，真是高兴极了。就连老是苦着脸的打字员姐妹，也忍不住露出了笑容。

天色越晚，镇民们越兴奋，大家纷纷跳到大堂中央的台子上，装模作样地演讲起来。

佩吉·麦克纳也凑了个热闹，他为了这次聚餐，特意把木腿漆成了蓝底红条纹，看着喜庆极了。至于他的演讲，根据《论坛报》报道，是这样的：

亲爱的镇民们！瞧啊，我们的小镇光彩照人，活像朵刚摘下来的玫瑰花！我敢说，在全美国，没有哪个镇子，发展得像我们这样快！（掌声）

要我说啊，我们镇子，绝对是这个镇子，最……咋说来着……呃……发展最快的!我们的镇子有报纸,报纸上印着我们镇子的诗!我们镇子有造纸厂,造的纸可是供纽约人、还有我们镇子人用的!现在又有了发电厂,瞧我们镇子,真……真亮啊!这么亮的地方,只有伦敦!纽约!加拿大!和我们镇子!(大笑,有人喊道"快别说'镇子'这个词了!")

不行,不行!我就要说!我们镇子!我骄傲啊!我自豪啊!我们所有人,都是好样的!(欢呼,掌声,在麦克纳先生下台时,不知谁扔了个三明治上去,正好砸在他后脑勺上。)

除了麦克纳这篇逗人发笑的"演讲",《论坛报》还登出了乔·维格的演讲,他是这么说的:

亲爱的乡亲们,我真心实意想要办好这个发电厂。为了什么呢?我要让你们不仅能用上电,还能用上便宜的电!

不过,这不是唯一目的。电力能做的比蒸汽更多!大家看,电力不仅能让报纸办公室运转,还能让那么大的造纸厂运转!

今夜,在这个大堂里,有位来自康涅尼格州的绅士。他已经答应我,要在镇子上考察,只要条件合适,他就要在镇子附近办厂,而我的发电厂,将为他提供动力!

同时,我还在与另两位先生商量,希望有一天,他们能在梅尔维尔开起更多的工厂!(欢呼声)

行动起来的,还有我们郡的人。住在马尔文的乔布·费什,今天他也来了,不久后,他就要开个伐木场,开辟我们北边广阔的树林!

乡亲们，看呐，我们的镇子正在崛起！只要我们一起努力，终有一天，我们镇子也会变得发达！变得繁华！

值得高兴的是，我们的镇子不仅有了更多的工厂，还有了更多的人口！

大家看，这位先生。他是亚当·马修医生，就在不久前，他买下了六亩地，要盖座新房子，成为我们梅尔维尔的一员了！以前，大家想看医生，得走好远的路，去亨廷顿！现在，我们本地就有医生了，马修医生已经答应，会对大家的健康负责！

这只是个开始，将来，我们的工厂，我们的美景，会吸引更多人来定居！到那时，房产更值钱了，货物需求量更大了，我们这些老居民们，都有机会发大财啦！（雷鸣般的掌声）

对于乔·维格的这篇演讲，大家一时间议论纷纷。总体说来，大家分成了两派。

一派比较保守，对于乔说的这些，他们很排斥，怕外来者和新事物，会扰乱了现在的宁静生活。

另一派则比较激进，乔说的这些话，成功地唤醒了他们的野心。

然而，他们的野心刚醒，梅尔维尔就陷入了一片黑暗——不知怎么的，电灯突然熄灭了。大家慌了神，还好萨姆·科丁斯反应快，他擦亮了火柴，重新点亮了那些老油灯。

没人知道发生了什么，就连乔·维格也一脸惊讶。

"看来，厂子出问题了。"乔镇定下来，对梅里克先生说，"我这就去磨坊，看看怎么回事。"

"我和你一起去。"亚瑟·威尔登说。怕两个年轻人出事，道尔少校也要求与他们同行。

于是，三人出门了，把梅里克先生和三个姑娘留在了大堂里。为了安抚镇民们，梅里克先生笑着说："刚装上的机器嘛，总会闹闹脾气。过几天，等机器适应了，就绝不会再出问题了。"

他话音刚落，亚瑟就跑了回来，一脸激动。他凑到梅里克先生耳边，低声说："机器没事，是电线被人剪了。"

"电线被剪了？！"

"对，乔觉得，肯定是造纸厂的工人干的。所有方向的电线都被剪了，据那两个侦探说，刚刚有罗耶尔的人在附近晃悠。"

姑娘们就在一边，听到这话，帕琪着急地说："那我得回办公室，看看我们那有没有电。"

就这样，聚会算是彻底结束了。镇民们纷纷走上街头，四处查看，想弄清事情的真相。

不一会儿，梅里克先生、亚瑟和姑娘们就回到了办公室，星期四·史密斯和赫特点着蜡烛，正在整理报纸。

"停电了。"史密斯静静地说。

"完了，从罗耶尔接来的电线也被剪断了。"帕琪急得眼泪都要出来了，她沮丧地说："报纸怎么办啊。你们不是说，不管怎么样，报纸都能正常发行吗？"

"电线是被谁剪断的，你们知道吗？"史密斯问道。

"我们都觉得，一定是造纸厂的工人。"

"我敢说，他们肯定没经过斯基狄的同意。"梅里克先生解释道，"斯基狄是个胆小鬼，违反合同要罚款，他才不会干这种事呢。"

"把电线重新接好,应该很快吧?"史密斯建议道。

这时,乔·维格走了进来,跟在他身后的是道尔少校,还有那两名侦探。

"科克斯已经和一名工人谈过了。"乔面色严肃地说,"那人还算配合,告诉我们,工人已经罢工,还占领了工厂商店,把里面的酒都喝光了。斯基狄吓坏了,躲在办公室里不敢出来。那人说,这只是个开始,以后工人们会有更多动作,没准,真会造反呢。"

听了这话,大家都惊得瞪圆了眼睛。

"要我说,这斯基狄是活该。"道尔少校说,"谁让他老放任工人,这下好,狗咬主人了吧,真是活该。"

"等等,这些以后再说!"帕琪神经质般地咬着指甲,说,"明天的报纸怎么办,都十点了。"

史密斯想了想,对维格说:"能想想办法吗,把办公室的电线接到你厂里,先用你厂里发的电?"

"这倒不难,一小时就能搞定。但是,如果不派人沿线守着,工人还是会把电线剪断的。要知道,现在整个镇子,全都是醉醺醺的工人啊。"

"那就找人看着电线!"约翰舅舅坚决地说,"我们给镇民说说情况,相信他们都会来帮忙。"

"那行!"乔连忙说,"道尔少校,麻烦你去趟磨坊,看着点发动机。我这就找人,一起去看着电线!"

"没问题!我会把这当成一场真正的战役!"道尔少校严肃地说。

这时,露易丝突然问:"我怎么没看见亚瑟?"

"亚瑟留在厂里了。"

露易丝点点头,放下心来。

大家都有任务,简单地商量了几句后就匆匆离去,履行自己的职责去了。

道尔少校快步往磨坊走去,他要和亚瑟会合,一起保卫发电机。

一名侦探跟着乔走了,他们要召集人手,保卫电线。

另一位侦探布斯,则留了下来,他的任务是保卫报纸办公室。

男人们都忙碌起来,此时,约翰舅舅提议,让姑娘们先回农场。但是,坚强勇敢的姐妹们不愿离开办公室。帕琪和贝丝坚持留下,露易丝虽然也不想走,但她实在累坏了,在约翰的劝慰下,跟着大伯钻进小车,回农场休息去了。

舅舅和姐姐走后,两姐妹和侦探一起待在办公室里,担心着亲人朋友的安危。突然,亚瑟满头大汗地冲了进来,气喘吁吁地喊道:"厂里一切正常!"

两姐妹这才长出一口气,稍稍放下心来。

第十九章　小心眼的博格林

第十九章 小心眼的博格林

这一夜，真是格外漫长。

印刷间里，赫特和史密斯依然在紧张地忙碌着。

"我们一定要快，在电线连好之前，做完所有准备工作！"赫特头也不抬地说，"那样，哪怕电线很快又被剪断，我们也有足够的时间把报纸印完。"

侦探布斯待在门口，两姐妹则快步走了进来，点起蜡烛，为赫特和史密斯照明。

见大家这样，亚瑟赞许地点点头。他决定离开办公室，回到发电厂里，和道尔少校会合。

走到门口的时候，他突然被绊了一下，差点摔了一跤。亚瑟扶住大门，定睛一看，原来他踩到了布斯的脚。

"先生，您这就要走了？"侦探低声问道。

"没错，我要去发电厂看看，少校没准需要搭把手。"

"路上小心，先生，我刚看见造纸厂的工人全都喝醉了，成群结队地往镇子里走呢。"

"放心吧。"亚瑟点点头，闪身出了办公室。

马路中间，一帮工人勾肩搭背，举着酒瓶子，大呼小叫地往前走。亚瑟低着脑袋，顺着墙根溜了过去，一点也没引起他们的注意。

很快，路上的工人越来越多，其中一个抬起膀子，用外国话嚷着什么，其他人则静了下来，兴奋地听着。

趁着这机会，鲍勃·韦斯特溜出自己的店，冲进办公室。鲍勃一眼看见门里有个男人，连忙紧紧捏住他的手，低声喝道："你是谁！"

"布斯，先生。"

鲍勃忙松开手，说："那就好，这里太暗了，我没认出你来。布斯，你身上有枪吗？"

"有，先生。"

"好的，我俩可得把门守好了。现在，办公室里还有谁？"

"印刷工史密斯，还有三个姑娘。"

"三个姑娘？打字员，还有谁？"

"先生，打字员早回旅店了，在办公室的是道尔小姐、德格拉芙小姐，还有赫特·赫维特。"

韦斯特点点头，让布斯守好门，自己走进了印刷间。

黑暗的印刷间里，唯一的光源就是那支小小的蜡烛，所有人都弯着腰，小心翼翼地排着版，桌上，一张报纸的雏形隐约可见。

看见大家忙而不乱，韦斯特欣慰地笑了，他掏出一把手枪，放在桌上，低声交待道："我能听懂他们说的话，再过几分钟，他们就要袭击办公室了。听着，如果有人敢冲进来，就用这把枪，把他们全都赶出去！"

听了这话，帕琪并没有害怕，而是好奇地问："他们干吗非要袭击办公室？"

韦斯特答道："两个原因。第一，他们要找史密斯，解决老恩怨；第二，他们是来给博格林出气的，我听他们说，只要能让报纸印不出来，博格林就给他们一大笔钱。"

史密斯无所谓地耸耸肩，拿起手枪，放进顺手的口袋里，说："你放心，只要维格先生接好电线，明天的报纸肯定能按时发行！"

"韦斯特先生。"赫特拉住韦斯特的手,说,"请给我一把枪吧!"

韦斯特打量了一下年轻的画家,问:"你会用?"

"应该会!"

韦斯特没有犹豫,又掏出一把枪,放进赫特的手心里。

"这下,我店里的库存可全被用完了。"他挤出个笑容,说,"赫特,不到紧要关头,别用那把枪。一来,有我和布斯守在门口,他们不太可能冲进来;二来,还有史密斯这个男子汉呢。好了,我是本地的治安官,在此,我临时招募你们所有人成为执法者!"

此时,尽管情况危急,鲍勃还是轻快地说完了这段话,生怕吓哭了姑娘们。不过,三个姑娘都倔强地昂着头,没有一个人露出害怕的表情。这下,鲍勃真心地笑了,朝她们竖了个大拇指,走出了印刷间,还轻轻带上了门。

这时,寂静的印刷间里,突然响起刺耳的电话铃声。帕琪连忙拿起话筒,轻声说:"喂?"

"帕琪,你们排好版,还要多久?"电话那头是亚瑟。

"还要10分钟,不,大概5分钟!"

"好的,10分钟后,我们就把电线接好。你让史密斯注意,一通电,立刻把报纸印完。这条线路,我们不知道能保多久!"

"没问题!"帕琪低声说,"只要几分钟,明天的报纸就能全部印完!"

电话挂断后,帕琪给史密斯转达了亚瑟的话。

"还有几个错字,排版也并不完美。"史密斯深吸一口气,说,"只要能通电,哪怕就几分钟,我也能保证把报纸印完。"

说完，他拿起小木槌和紧版杆，把版楔给固定好。然后，他一鼓作气，举起沉重的铁架子，把做好的铅板放在了印刷机上。接着，他弯下身来，开始专心致志地调整机器。姑娘们屏住呼吸，尽量稳住手，用昏暗的烛光替他照明。

这时，远处传来一身低吼，几秒钟后，街上响起了阵阵大喊声。袭击，终于开始了。

门口，布斯和鲍勃严阵以待，先后开了几枪，随着枪声响起的，还有工人们的痛呼声。

这下，姑娘们终于有些害怕了，烛光下，一个个显得脸色惨白。史密斯抹了把汗，抬起头，说："好了，只要电线一接通，我们就能开始印刷了！"

帕琪直起身来，长出一口气。然而，还没等她放松下来，印刷间的两扇窗户就被砸碎了。很快，就有人顺着窗户，开始往印刷间里爬。史密斯刚想起身，赫特就把他按住了，一边举起手枪，一边说："看好印刷机。"

看见姑娘手里的枪，骑在窗台上的工人们犹豫了。

"滚开，小丫头！"一个穿绿毛衣，戴油布帽的大汉吼道，"我们不想打女人，我们要找的，是你后面那个男的！"

"你休想带走他！"贝丝鼓足勇气，从挺立的赫特背后冒出头来，说，"这里是私人产业，你闯进来就是违法，我们有权自卫！"

听了这话，窗户上的工人们愣住了，他们似乎没想到，三个小姑娘看到他们非但没被吓跑，居然还能说出话来。

就在双方僵持不下之时，伴着一声低响，印刷机启动了。

这下，就像战争的号角吹响了一样，一个工人大喊："关掉机器，史密斯，不然，你和机器都得完蛋！"

史密斯像是没听见一样，专心摆弄着印刷机。巨大的气缸上下摆动，一张张白纸通过印刷机，一张张论坛报被吐了出来。

那个工人大吼一声，跳下窗户，就要冲过来。

"砰"的一声，枪响了，那人大头朝下，倒在了印刷机前面。

帕琪和贝丝瞪大了眼睛，转头看向赫特。赫特脸色苍白，眼里却闪烁着坚定的光芒，她直直地挺着背，手里的枪还在冒着青烟。

领头的倒下了，工人们惊呆了。他们眼睁睁地看着，像娃娃一样精致的贝丝，两眼冒光地冲向史密斯，一把掏出他兜里的手枪，然后跳回到赫特旁边，举起了手枪。

贝丝看到赫特举枪的样子，这才想起自己也曾打过靶。

工人们看着两个小姑娘，她们一点也不害怕，举枪的手稳稳的。虽然她们身材不高，甚至有些瘦小，却严严实实地挡在史密斯和印刷机前面。

一时间，工人们都不敢动了，这场面真是好笑极了，一群大男人，却被两个小姑娘吓住了。

印刷机轰隆隆地印着报纸，史密斯头也没抬，专注地盯着每一个零件运转。突然，印刷机"呜"地一声，停了下来。断电了。

史密斯站起身来，数了数印好的报纸，说："一共是463份，道尔小姐，还差22份。"

"463份够了,史密斯!"帕琪激动地握住了他的手。

史密斯拍拍帕琪,转头对工人们说:"听着,明天的报纸已经印完了,你们再来捣乱也没用了。你们告诉博格林,不管是今天,还是以后,他都没这个能耐毁掉论坛报。要想撒酒疯,就回造纸厂找斯基狄去吧,你们之间的仇怨,也不是一两天了!快走吧,马上,梅尔维尔的镇民们马上就赶过来了,到时候,小心被枪子儿打成马蜂窝。"

工人们眨巴着眼睛,不知道该怎么办,但他们显然没胆子往前冲了。

这时,有人指了指地上躺着的那个,问:"哈里斯这是怎么了,被打死了吗?"

"应该是吧。"史密斯说是这么说,却还是用脚尖把哈里斯翻了过来,让他脸朝上。

"太可惜了。"史密斯试了试哈里斯的鼻息,说,"没死,子弹擦过了他的脑门,把他打晕了。好了,带上你们的头头,赶紧走吧。"

两三个工人跳进屋里,小心翼翼地看着枪口,挪到印刷机前,抬起哈里斯,把他从窗口送到屋外,然后赶紧都跳了出去。很快,他们就跑远了。

两个姑娘这才放下了枪,贝丝长出一口气,疲惫地说:"还好你没打死他,赫特。"

小画家一昂头,说:"不,我觉得很可惜,这种人就该死。而且,他要真死了,那帮坏人肯定早被吓跑了。"

听了这话,贝丝和帕琪瞪大了眼睛,她俩什么都没来得及说,小画家就蹲下身,开始痛哭起来。

第二十章　保卫报社

办公室里是一夜惊魂，办公室外也是危险重重。

大部分工人都聚集在门口，想要撞破大门，冲进办公室。布斯和鲍勃守在门口，不时朝工人头顶开两枪。夜色这么暗，工人们根本不知道，有多少人在守卫办公室，所以，他们慢慢退了下去，不愿意走，却也没再往前冲。

乔·维格一召唤，居民们就都聚集了起来，他们都很愿意帮忙。发电厂离办公室不过几百尺远，大家分散开来，守卫着那条重要的电线。当然啦，这些人里不包括佩吉·麦克纳和萨拉·科丁，危机刚刚降临，他俩就没影了。

工人们沿着电线走来走去，想瞅个没人的空档，把电线剪断。只可惜，每个镇民都睁大了眼睛，寸步不离地守在自己的那段电线旁，让他们无机可乘。

坏人都很惜命，这帮外国坏蛋也是如此，看见有人守卫，他们谁也不愿往前冲。

可是，发电机运转起来，电线开始供电的时候，工人们愤怒了，他们大声呼喊着，聚集起来，往一个点冲去。

大家连忙行动起来，全都往那个点跑去，他们要支援自己的战友！

铁匠赛斯·戴维斯负责守卫那个点，看见工人们向他冲来，他瞪起铜铃大的双眼，举起大铁锤，呼呼地在身边舞动，一下就吓退了好几个人。

这时，乔·维格、亚瑟、侦探科克斯、朗·塔夫特、尼克·索姆和斯基姆·克拉克也赶了过来，站在他身边，拼命阻止着工人们。他们心里只有一个念头，那就是尽力守卫电线，给史密斯多一点时间，把报纸印完！

　　手边没有武器，他们就捡地上的石头，朝工人们砸去。可是，一个工人退后了，几十个工人又冲上来了。慢慢地，石头扔光了，他们也被逼退到了电线后面。

　　工人们高声欢呼，捡起地上的电线，咔嚓一声剪断了。

　　"别担心！"大家往办公室退去的时候，亚瑟大声对乔说道："只要史密斯事先准备好了，这点时间，足够他印完报纸了！"

　　好不容易，大家都退到了办公室前的路上，却发现，办公室被更多工人包围了。正当大家苦苦奋战，累得连胳膊都抬不起来之时，星期四·史密斯一声大吼，举着一根从印刷机上拆下的大铁棍，冲了过来。

　　只见他挥舞着大铁棍，为大家冲开了一条小道，大家连忙朝他跑去，跟着他回到了办公室里。此时，鲍勃和布斯连开数枪，把围过来的工人们又吓了回去。

　　"全都退下，你们这帮无耻之徒！"这时，道尔少校如天神一般出现在了路口。他昂首挺胸，大声吼道："还不退下，你们是想尝尝，军人的铁拳吗！"

　　一个工人头头想要扑上去，却被道尔少校一巴掌扇在脸上，然后一脚踹在肚子上，嚎叫着滚了回来。

　　"我不会再说第三遍，都给我退下！"道尔少校又怒吼了一声。这次，办公室里的人全都惊呆了，只见路上挤着的工人，全都自行退到了路边，让开了一条小路。

　　道尔少校目不斜视，轻轻松松地走进了办公室。跟他一比，亚瑟他们头发也乱了，衣服也烂了，真是狼狈得不得了。

　　既然电线已经剪断了，办公室里的人也不好惹，工人们开始陆续退去。梅尔维尔占不到便宜了，那就回造纸厂去吧，那里还有个斯基狄呢。收拾了经理，他们肯定能捞到更多好处。

终于，镇子里恢复了平静。亚瑟浑身是伤，还变成了熊猫眼，但他笑嘻嘻的，心情好极了。两拨人凑在一起，聊了聊各自的经历，亚瑟就把姑娘们和少校送回了农场。本来，姑娘们想把赫特也带回去，但赫特坚称自己一点也不怕，一定要留在旅店里。

地主一家回去了，鲍勃拍拍手，说："大家也散了吧，今晚看来是没事了。"大家也都累了，就各自回家休息了。两个侦探，科克斯和布斯留在了办公室里，他们今夜就睡在这了。史密斯也穿上了外套，他要送赫特回旅店。

一路上，史密斯都很沉默，走了好一会儿，他才自责地说："都是因为我。"

赫特心情却很好，兴高采烈地说："但他们根本没碰到你一根毫毛！"

"是啊。"

史密斯心里依然不好受，回想起赫特拿枪的样子，还有两姐妹的保护，他忍不住说："可是，我不值得你们这样做。"

赫特停下脚步，认真地说："谁说的？我们不知道你过去什么样，但你自己也不知道啊。"

史密斯喃喃道："没错。"

"所以啊，别说自己不值得。遇到危险，你也挺身而出，保护了我们啊。今夜，两位小姐不顾一切，想要把报纸印完，我能理解，但是……"

说到这里，她脸一红，没再说下去了。

史密斯看了看她，说："谢谢你，赫特，你对朋友真好。"

"别多想，晚安，史密斯。"

"你今晚能睡着吗？"史密斯关心地问道。

"哈，这一夜够累了，我倒在床上就能睡着！"

"那就好，晚安，赫特。"

这一夜，大家都睡得很熟。

第二天，天还没亮，梅里克先生就被窗外的红光惊醒了。他拉开窗帘，发现北边起火了。老头拖鞋也没穿，冲到亚瑟房里，一把掀开他的被子，大声说道："快醒醒，罗耶尔起火了！"

亚瑟爬下床，迷迷糊糊地走到窗前。昨晚太累，他还没睡够呢。

"起火就起火吧。"他把窗帘拨开一条缝，往外看了一眼，揉揉眼睛说，"我们去了也没用，再说，我才不想费心去救斯基狄呢。"

然后，他给自己倒了杯水，把昨夜的事情告诉了约翰舅舅。凌晨，他们回来的时候，约翰舅舅早就进入了梦乡。

"这群工人真是疯了！"梅里克先生扶着额头，说，"看这火势，他们把自己的住处烧了，把厂房烧了，把办公室烧了，还把商店烧了！老天保佑，千万别把林子也烧了。"

"别担心，先生。"亚瑟往柔软的大床走去，"等天亮了，我们就能知道火势到底如何了。现在，我要回去睡觉了。先生，您最好也再去睡一会儿。"

梅里克先生叹了口气，说："真没想到，梅尔维尔还能发生这么激动人心的事。这么一比，纽约的日子倒更像是度假了！好了，我们还是好好休息吧，明天一早，肯定有很多事要忙。"

第二十一章　弗杰里来了

大火烧呀烧，把罗耶尔附近的建筑都烧完了。工人们无处可去，陆续来到沙齐小站，搭着火车，去了全美各地。

斯基狄目睹了一切，对于厂子被烧，他是又高兴又遗憾。他没想到，工人们居然会爆发，会把他一手经营的厂子烧掉；不过，他拿到了全额赔偿，所以也没什么损失。拿着这笔钱，他决定，在高速路附近重建个厂子，这样，他就再也不用担心货物运输的问题了。

起火的那天早上，斯基狄狼狈地出现在梅尔维尔，怀里抱着一大堆文件，全都是从火里抢救出来的。在旅店，对好奇的老板，他一个字也没说，开了间房，倒在床上就睡着了。睡醒之后，他下楼吃了顿饭，就溜达到了镇里，来到了报纸办公室。

"给你个好东西。"他拿出一张纸，放在帕琪的书桌上，"放心吧，罗耶尔的厂子全烧没了，我也不会去重建了。拿着保险公司赔的钱，我走人了，至于剩下的东西，博格林那个蠢货随便拿吧。反正，地是他的，钱也是他出的，给他剩点渣子也不错。从一开始，我就不该听他的，跑这破地方开厂。这下好了，总算能拜托他了。这东西给你们，上面的消息可以刊在报纸上。博格林那个老家伙，看到肯定会大吃一惊。对了，别忘了提一笔，我斯基狄要回纽约了，再也不回你们这个破镇子了！"

"谢谢，先生。"帕琪拿起纸，高兴地说，"居民们肯定会欢送你的。"

随后，斯基狄又跑去发电厂转了一圈。只要逮着愿意搭理他的人,他就会鼻孔朝天地问上几句,可惜,没人愿意告诉他发电厂的任何消息。最后,斯基狄给了尼克·索恩几个钱,坐着马车,去了沙齐小站。从此以后,他再也没有来过梅尔维尔。

乔·维格和手下忙活了一整天,修复了所有电线。到了晚上,梅尔维尔再次被明亮的灯光点亮了。从那以后,发电机运行得好好的,电线也再没出过事儿。

那天,姑娘们也忙坏了。她们一直在忙着编辑新闻,毕竟,头天晚上发生了那么多事,全要一件件登在第二天的报纸上。

关于造纸厂被烧,贝丝在社评里称"确实是件大快人心的好事"。关于这个评价,读者们都十分赞同。

在那天晚上的对抗中,有几位镇民受了些小伤。朗·塔夫特的伤最严重,他的脑袋破了,给送到了亨廷顿,让医生缝了几针。其他村民不过是擦伤,休养几天就好了。

所有挺身而出的人,都被视为英雄。至于佩吉·麦克纳,这个从开战就失踪的家伙,开始不停地告诉别人,自己是怎么在看不见的地方,赤手空拳,大战七个工人的。

第二天下午,从沙齐小站来了辆马车,上面载着一个陌生人。这人长着张娃娃脸,头发火红火红,瘦削的脸上长满了小雀斑。马车径直把他送到了梅里克先生的农场里,约翰舅舅虽然有些惊讶,却还是礼貌地把他迎进了书房。两人关起门来,聊了好几个小时。

破天荒地,姑娘们没去办公室,而是焦急地在书房门口等待着。她们早就认出来了,这个年轻人,就是著名的大侦探弗杰里!这人真的很厉害,就连他的对手也不得不承认,他就是名副其实的"纽约侦探之王"！

前阵子，约翰舅舅花大价钱，雇了这位侦探之王，调查星期四·史密斯的身世。此时，弗杰里出现在这里，说明他已经有了进展！

可是，梅里克先生从书房出来的时候，一贯笑呵呵的脸上，却是一副奇怪的表情，大侦探弗杰里则是没有表情。这下，三个姑娘都奇怪极了，也不知道事情到底调查出来没有。

"还不去镇上吗？"梅里克先生问道。

"就走，车已经套好了。"露易丝答道。

"嗯，那就快去吧，我和弗杰里随后就到。在此之前，我还得先去跟亚瑟、道尔少校谈谈，毕竟……"

"到底怎么了，舅舅？"帕琪着急地问道。

"该知道的时候，你们自然就知道了。"

"星期四·史密斯到底是谁呀？"

"好了好了，现在先别问了。对了，你们去办公室的时候，别告诉史密斯这事儿。还有，对待他千万要跟以前一样。关于怎么处置史密斯，我们几个要开个小会。放心，我们不会忘记，自从他来镇上之后，为我们做了很多好事。"

听了这话，姐妹们不敢多问了。尽管满肚子都是问题，她们还是乖乖去了办公室，让男人们来决定史密斯的命运。

办公室里，对此事一无所知的史密斯依然在忙碌着。现在，他可是报社不可或缺的"全能王"。他不仅要负责印刷，还要负责刻板、排版、编辑。从一大早到深夜，他忙得一刻也停不下来。

尽管如此，论坛报依然是一份"姑娘家的报纸"。为什么呢？因为除了史密斯，其他人全是姑娘。当然，挂名的总编亚瑟不算在内，除了记账，他什么事都不管。

赫特接替了布里格小姐，每天收发电报，还要挤出时间，为报纸画漫画。

杜威姐妹负责打字，她们话不多，却十分可靠。

三姐妹负责编辑，她们不怕苦，不怕累，报纸需要文章的时候，都是抢着写。哪怕是在最艰难的时候，她们也没想过放弃报纸。对她们来说，办报已经不只是爱好，更是一项事业。她们坚信，这份出色的报纸，绝对是业界中最受人瞩目的。

她们得出这个结论，倒并不是因为自大。报界中，不管是城里报纸还是乡下报纸，都对这份"姑娘家的报纸"很感兴趣。其中，一家大报社还为此发了篇稿子，在一段幽默的描述后，大报社严肃地总结道："这份报纸充满了诚意，不管是清爽的内容，还是整洁的排版，《梅尔维尔论坛报》都超越了一般小报的水准，成为一份真正的、值得被记录在案的，姑娘家的报纸！"

帕琪看过报道后，笑着说："说得挺对的，如果在别的地方，没准我们的报纸根本没人看。"

贝丝拿着自己最近的稿子，感叹道："真是难以置信，几周前，对于办报这事儿，我们还什么都不知道呢，可现在，我们的稿子跟大记者的一样好。"

"是呀，我们进步了很多。"露易丝点点头，说，"不过，我们还有许多要提高的地方。"

"有个问题，"帕琪眨眨眼，说，"每个镇民都想上报，要是哪天没提到他们，他们都会伤心，可是，天天提起他们，报纸上就全是些鸡毛蒜皮的事儿。"

"是啊，亲爱的。"露易丝揉揉太阳穴，说，"我每天走街串巷，到处找新闻，简直要疯了！"

这时，赫特抬起头，笑着说："威尔登夫人，明天本地新闻的稿子，您还没准备吧？"

"是呀。"露易丝叹口气，说，"我这就出发，去找点新闻。"

"我替您去吧。"赫特说，"我还是挺会挖掘新闻的。"

"赫特，这是我的职责，我怎么能推卸自己的职责呢？"

赫特眨眨眼睛，说："就一天，你回去躺躺，到了明天，就又有勇气来面对这些事情啦。"

"谢谢你，赫特。"露易丝感动地说，"但我得待在这里，等弗杰里过来。"

"弗杰里？"赫特瞪大了眼睛，惊讶地问，"难道是大侦探弗杰里？"

"呃……是的。"露易丝有些后悔，自己怎么这么不小心，说漏了嘴呢。

"可是，现在哪还需要侦探？"赫特严肃地问，"工人都走了，斯基狄也走了，这里已经安全了啊。"

露易丝正想着怎么回答呢，帕琪已经答道："当然是为了史密斯的身世。"

听了这话，赫特气得脸都红了，愤怒地说："那是史密斯的事儿，你们凭什么插手。"

"话是这么说，"帕琪被她的反应逗笑了，说，"可是，两年了，他都不知道自己是谁，我们也想帮帮忙呀。"

赫特闷闷不乐地趴在桌上，过了好一会儿，才抬头说："查出他是谁，大概他就要离开论坛报了吧。"

"为什么？"

"在他失忆之前，一定是个不同寻常的人。他什么都会，你们知道的。"

"是啊。"帕琪迷惑地问，"可他为什么要离开？"

"你想想。"赫特慢吞吞地说，"什么都会的一般有两种人：第一种，身居高位，受过良好的教育；第二种，大骗子，为了骗人什么都学。所以，就算你知道他的身世又如何？不管是哪种人，他都会离开我们。所以啊，帕琪，最好还是别追究他的身世，就当他是星期四·史密斯。"

这番话，让几个姑娘都陷入了沉思。现在，后悔也来不及了，弗杰里已经查到了真相，而大家对真相都很好奇。

就在这时，约翰舅舅走了进来，后面跟着大侦探弗杰里、道尔少校和亚瑟。除了弗杰里，大家的表情都很凝重。

第二十二章　真相大白

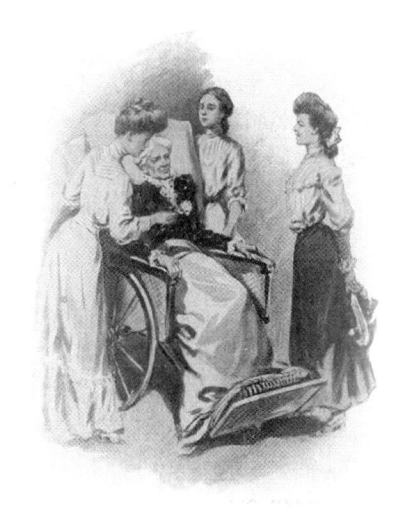

从外表上看，昆图·弗杰里一点也不像个侦探。他个子不高，身材也不壮，还长了张娃娃脸，一头红发乱糟糟的，像是从来没梳理过。近看，他脸上有些细细的皱纹，那是岁月留下的痕迹；但退后几步看，他又像是还没成年。虽然他其貌不扬，衣服却穿得很整洁，像是要去参加重要会议一样。这么从上到下一扫，他给人的印象就是：不靠谱。再加上他老抽烟，所以大家都不愿意接近他。

即便如此，他的专业能力却无人能质疑，就连其他侦探都承认，弗杰里是真正的"纽约侦探之王"。而且，约翰舅舅和亚瑟曾跟他合作过，对他说的话深信不疑。

弗杰里一进来，就礼貌地给姑娘们鞠了一躬，然后，没头没脑地夸起了她们的办公室。

"真整洁呀，一点废纸都没有，一点垃圾都没有，一点脏话都没有，简直不像是报纸办公室！哎呀，你们可得带我好好看看印刷间里什么样子。"

说完，他打开了印刷间的门，带头走了进去，梅里克先生也跟了过去。

"你们讨论出什么结果了吗，亚瑟？"露易丝抓住年轻丈夫的胳膊，急切地问道。

"呃，其实吧，没啥结果。"亚瑟轻轻挣脱妻子，也跑进了印刷间。

"别走！"这时，帕琪也拦住了爸爸，紧紧抓住他的衣袖，说，"先生，你要是不告诉我们真相，就休想进印刷间。"

第二十二章 真相大白

"你想知道什么真相,帕琪?"少校好脾气地问道。

"星期四·史密斯究竟是谁!"

"就是星期四·史密斯啊。"少校眨眨眼睛,说。

"别装糊涂!他到底是谁,以前是干吗的,真名是什么?"

少校转过身,认真地看了女儿一眼,问:"帕琪,你问这么多,是出于好奇呢,还是对他有兴趣啊?"

"好爸爸,求求你了,快告诉我们吧!"帕琪摇晃着少校的胳膊,着急地恳求着。

"啊,星期四·史密斯,其实是《鲁宾逊漂流记》里星期五的哥哥。"

"快别逗我了!"

"不对不对,其实是美国前总统。啊,记错了,应该是某个州的议员。嗯……还是部长来着,一推开家门就忘记自己是谁了。好了,约翰·梅里克喊我呢。"说完,他一把抽回袖子,也跑进了印刷间。

没一会儿,他又探了个脑袋出来,说:"别傻站着,你们也进来听听。"

姑娘们对视一眼,也走了进去。一进去,就听见梅里克先生对弗杰里说:"要想办好报纸,打字员是必不可少的,你看,这对杜威姐妹,就是我们的打字员了。"不远处,亚瑟站在桌子前,装模作样地看着排版,像是在检查错字一样。

"日报嘛,"少校一边说,一边警告地看了一眼姐妹们,以及后面脸色苍白的赫特,"意味着每天,不管发生什么事情,都要发行报纸。"

他说话的同时,梅里克先生已经领着弗杰里,来到了印刷机前。史密斯在给机器上油,并没有理会这群人。

弗杰里走上前去,着迷地看着史密斯,像是要学怎么护理印刷机一样。史密斯觉得有人在盯着他看,抬起了头。

弗杰里夸张地退后一步,大喊道:"我的老天啊。"

史密斯不解地站起身来,看着弗杰里伸出来的手。

"老朋友,梅伟尔!你在这里干什么呢,我们还在想,你这几个月跑哪儿去了呢。哈哈,可叫我找到你了,真是太高兴了,快来握个手!"

史密斯靠在机器上,什么也没说,只是皱着眉头,看着弗杰里。屋里没人说话,大家都紧张地看着史密斯。

"怎么了,哈罗德。"弗杰里做出副伤心的样子,捂着心口说,"你不认识我了吗,我是麦科米克啊,我们以前玩得多好呀!"

听了这话,史密斯揉了揉脑袋,困惑地问:"你刚叫我什么?"

"哈罗德·梅伟尔啊,住在东66街!我肯定没认错人,难不成,这世上还有两个一模一样的人?"

这下,史密斯彻底呆住了,他摇摇摆摆地走下工作台,扶着墙,一屁股坐在了板凳上。过了好一会儿,他才抬起头,问:"你是……麦科米克?"

"当然是!"

史密斯盯着弗杰里看了半天,然后沮丧地摇摇头,说:"没用,我还是想不起来。不管是哈罗德·梅伟尔还是麦科米克,我都没有印象。先生,不好意思,我两年前失忆了,之前的事全都不记得了,连自己的名字都不知道。"

"原来如此。"弗杰里一扬眉毛,说,"现在想起来了吧？"

"没有。你说我姓梅伟尔,还说我们是朋友。我相信你没有骗我,但我真的一点印象都没有。"

"真是怪了。"弗杰里一边说,一边仔细观察着史密斯的表情。

"是这样的,先生。"接下来,史密斯把告诉梅里克先生的话又跟弗杰里说了一遍。然后,他补充道,"我总以为,要是碰到以前认识的人,说起我的名字,我总能想起点什么。看来,我还是太天真了。先生,你很了解我吗?"

弗杰里犹豫了一下,点点头。

"那说说我以前的事儿吧,我到底是谁。"

"在这里,当着大家的面?"弗杰里看了看周围,大家全都好奇地围在了印刷机旁边。

一听这话,史密斯的脸就涨红了,他看了看大家的眼睛,说:"不行吗,小姐们和梅里克先生,在不知道我是谁的时候,就好心收留了我。关于我的事情,他们都有权知道。"

"哎呀,梅伟尔,你可真是让我难办。"弗杰里挠挠头,说,"这事儿也真是奇了,我从来没碰到过。这样吧,我们还是先私下聊聊。"

史密斯紧张地抖了一下,却坚持站在原地,固执地说:"这些人有权知道真相,你尽管说吧,不用顾及我。"

"啊,也没有很糟。"弗杰里耸了耸肩,说,"在你以前住的地方,纽约,这并不是什么大事儿。但是,在这种宁静的小镇子,你做过的事,可就有些骇人听闻了。"

"快说吧!"史密斯失声喊道。

"不少纽约人，应该都听说过一家叫'梅伟尔&福德'的公司。由两个年轻的骗子创办，专挑纽约的富人下手。"

"骗子？！"史密斯瞪大了眼睛，一脸惊恐的表情。

"是呀，你俩，哈罗德·梅伟尔和埃德加·福德，都是道貌岸然的上层人。穿华服、开豪车、出入高档会所，住在东66街的豪宅里，时常办些牌会，骗富人的钱。其实，你们也不算很没良心，挑的都是巨富人家的公子，输几把也不在乎，最多不跟你们来往了，也不会去报警。纽约最不缺的就是有钱人，你们骗一批，换一批，挣了一大笔钱。可是，你们不知道的是，警察早就盯上你们了，对你们的小把戏知道得一清二楚。

"后来，你们就失手了。那一次，福德喊了个富翁去你们家打牌，输了钱之后，富翁气呼呼地走了。其实，那富翁是个卧底，他趁你们不注意，带走了那副动了手脚的牌作为证据。发现这事后，你们收拾好东西，带上这些年骗的钱，连夜逃走了。

"后来，有人在芝加哥看到过福德，拿着一大笔钱，依然在行骗。可是，你，哈罗德·梅伟尔，再也没有出现过。根据现在的情况看，我猜，在你们逃跑的时候，福德打晕了你，把你推下车，扔到了路边，然后独吞了钱。只是，谁也没想到，这么一下，就把你给打失忆了。"

弗杰里说话的时候，史密斯的脸色越来越苍白，说到最后，他呜咽了一声，用颤抖的双手捂住了脸。过了好一会儿，他才抬起头来，往周围看了一圈，大家的表情都很遗憾。最后，他转向梅里克先生，深吸一口气，说："先生，现在，你知道我的过去了。我刚遇见你的时候，还是个流浪汉，称自己为星期四·史密斯。虽然我一无所有，却问心无愧。可现在，我发现自己是哈罗德·梅伟尔，一个可耻的骗子，所以，我不能再留在报社，跟这些诚实的人们一起工作了。先生，对不起，我辜负了你的信任。我还要谢谢你，因为这段时间，我过得很开心。希望你记住史密斯，不要为梅伟尔烦恼，因为，我这就要离开了。"

说完，他站起身来，强忍住悲痛，给大家鞠了个躬。赫特·赫维特再也忍不住，跑到他身边，轻轻挽住了他的胳膊。

可惜，史密斯太不了解梅里克先生了。老富翁一直在认真听，认真观察，史密斯说完这番话，他露出了真心的笑容，一把握住史密斯的双手，轻快地说："年轻人，你看错我了，也看错你自己了。我不认识那个梅伟尔，可你也不认识。我只认识史密斯，一个正直、勇敢的年轻人，靠自己的实际行动，赢得了我的信任和尊重。放心，我会挺你到底的！"

"可是……"史密斯惊讶地说，"我就是哈罗德·梅伟尔啊。"

"胡说，你才不是。你就是星期四·史密斯，梅伟尔跟我没关系，跟你也没关系。"

"太好了！"帕琪抹了抹泪花儿，跳起来大喊道，"舅舅说得对，史密斯就是史密斯。你是我们的朋友，我可不许你，因为一个……一个……祖先的故事，就抛弃我们！"

"没错。"贝丝点点头，说，"就当是听了前人的故事。那是前人做的事，不是你的错。"

"在我看来，"露易丝微笑着说，"史密斯，两年前是你的新生，在那之前的任何事，都与你无关。"

"所以，不要在意梅伟尔做的事了。"约翰舅舅摸摸胡子，说，"你是史密斯，是我们亲爱的朋友，我们都很喜欢你，也很信任你。"

听了这话，赫特把脸埋在史密斯的袖子里，低声哭了起来。史密斯愣了一会儿，终于抬起了头，面色也红润起来。

弗杰里一直静静地看着，此时露出了满意的笑容，又点了一支烟。

史密斯突然低头看着赫特，转过身来，一把将她抱进怀里，轻轻吻了吻她的额头。

看见这一幕，弗杰里差点被烟呛死。约翰舅舅笑眯眯地掏出张手绢，擦了擦鼻子，那打喷嚏的声音大得活像是牛在打喷嚏。

少校的眼睛湿润了，他虽然曾经是个军人，却有颗柔软的心。

帕琪目瞪口呆地看着这一幕，跳过去一把抱住那对小情侣，大声说道："赫特，我好高兴！史密斯，我好高兴！可是，你们快别抱着了，明天的报纸还印不印了？"

这下，屋里的人都笑了起来，沉重的氛围终于消失了。

史密斯这才放开了赫特，感激地跟大家握手。轮到弗杰里的时候，他怀疑地问道："可我真不认识你啊，麦科米克。"

弗杰里笑了，说："其实，我叫昆图斯·弗杰里，编出那个名字，不过是为了试验一下，你到底失忆没有。我从没见过梅伟尔，但今天，我很荣幸，能够认识史密斯。你要是愿意跟我握个手，我会很高兴的。"

史密斯笑了，紧紧握住了弗杰里的手。

第二十三章　报社易主

办公室里，大家欢欢喜喜地坐了下来，这时，梅里克先生诚恳地说："史密斯，请原谅我，未经你允许，就找侦探调查你。弗杰里先生真是很聪明，靠着赫特画的一幅画，就找到了你的过去。"

史密斯忙摆摆手，他对梅里克先生满心感激，又怎么会怪罪他呢。而且，他也觉得，自己应该知道事情真相。

"现在，过去已经不再困扰我了，我终于可以向前看了。还好，作为星期四·史密斯，我还是一个清白的好人。"

大家聊了聊，就各自去干活了。

史密斯继续去给机器上油，赫特也坐回了桌前，平静地开始收发电报，只是脸蛋儿稍微有点红。

三姐妹却静不下心来，她们躲在赫特听不到的地方，开始计划，怎么给赫特和史密斯一个惊喜。

科克斯和布斯早就走了，现在，镇上最后一个侦探也要回纽约了，带着梅里克先生给的一大笔佣金。

"这件案子真是太有趣了。"弗杰里笑着说，"看到欢喜结局，我跟你们一样高兴。梅伟尔做过不少坏事，但史密斯却是个诚实的好人。命运真奇妙，竟然给了他第二次机会，忘掉过去，有了一个全新的开始。对了，还有赫特·赫维特，我以前听说过她，天才小画家，过着堕落的生活。如今看来，她也焕然一新了。梅里克先生和三位小姐真神奇，竟然促成了这样一对良缘。哎，连我这个冷血侦探，都被深深打动了啊！"

听了这话，梅里克先生眯起眼睛，笑开了花。弗杰里转身上了车,离开小镇,回纽约去了。

办公室里,帕琪忙完自己的事后,问起了本地新闻。

"赫特说她来准备,但是,这么一闹,估计也没找到多少新闻吧。"露易丝笑着说。

"道尔小姐,新闻全都备好啦。"赫特忙说。

"咦?我看看。"

"已经给星期四去排版了,要是你信任我们的话,就等着看明天的报纸吧!"

"哈哈,没问题。"帕琪高兴地说,"正好让我少了件事儿。"

第二天早上,印出来的报纸有些不大整齐,却丝毫没有影响到它的趣味性。

帕琪下楼吃早饭的时候,约翰舅舅和道尔少校正拿着报纸,笑得前仰后合。

"快看啊,这本地新闻,真是笑死人了。"约翰舅舅抹着眼睛,对帕琪说。

帕琪好奇地接过报纸,只见第一条新闻是这么写的。

"萨姆·科丁帮索恩太太办茶会"。(要知道,科丁家可是出了名的小气)配图是,一脸愁苦的索恩太太,拿着袋茶,从科丁家的杂货店往外走。

第二条是"艾弗·德莱斯在鲍勃五金店中弹"。配图是,鲍勃在店里办活动,艾弗好运地中了头等奖:一大袋打鸭子的子弹。

下一条是"杰出镇民佩吉·麦克纳,午后昏迷在自家门廊"。配图是,佩吉靠在椅子上,两条腿搭在栏杆上,张着嘴在打盹。

第二页，画的是斯基姆抱着他的宠物小老鼠，正被一只猫追着满街跑，下面写着"兄弟同心，其力断金"。

最后一页画的博格林。漫画里，斯基狄抱着袋钱，袋上写着"保险"，而博格林口袋空空，正对着他挥拳头，下面配的字是"斯基狄，真得意；博格林，干生气"。

梅里克一家都觉得，赫特真是机智极了，亚瑟说道："她不会一直待在这个小镇的，以她的天份去纽约，别人会给她开很高的工资。让她留在这，简直是埋没人才。"

"哎呀，没事，只要我们能留住星期四·史密斯，赫特肯定也会留下的。"帕琪一边吃面包，一边不在意地说。

贝丝想了想，说："不管是谁都留不了很久，暑假快结束了，再过三周，我们就要回纽约了，到时候，论坛报只能停刊了。"

约翰舅舅点点头，说："最近，我也在想这事。"

"我也是。"帕琪托着腮帮子，说，"论坛报这么好，就这样停刊也太可惜了。后来，我想出了个法子。你看，史密斯应该会跟赫特结婚吧，如果舅舅同意，我们不如把报社便宜卖给他们，反正现在他俩也包揽了大多数活儿。"

"老天，帕琪！"少校笑了起来，说，"他俩上哪儿借钱，把这报纸办下去啊。这俩小情侣，还没结婚，就被你安上了一周几百美元的债务！"

听了这话，帕琪的小脸一下垮了，她嘟囔道："我知道，除了工资，他们没有别的收入。"

"而且，等他们接手报社，可就连工资都没有了。"道尔少校教育女儿道，"别把这么大的负担交给别人，你自己愿意花钱办报纸，别人不一定愿啊。"

"没错。"亚瑟摸摸帕琪的小脑袋说,"论坛报过几周就停刊吧。"

"先别这么快决定。"梅里克先生笑眯眯地说,"办报纸的是侄女们,出机器的可是我。哈哈,等她们不办报纸了,我有权处理这些机器吧。帕琪,我会考虑你的提议,但你得让我好好想想。"

这下,就连少校也不好多说啥了。

接下来的几天里,梅里克先生忙进忙出。他先是去了几次办公室,仔仔细细地观察了每个角落。然后,他坐车去了马尔文,那里,有份历史悠久的周报办得非常成功。到了人家办公室,他问了一万个问题,然后满意地回到了梅尔维尔。

到了周六晚上,他把赫特和史密斯请到了农场里,邀请他们共进晚餐。因为周日不办报纸,所以,周六晚上大家都有空。

自从在论坛报工作后,史密斯攒钱买了套西装,这天晚上,他穿着唯一的正装,和赫特一起来到了农场。

让大家惊叹的是,虽然西装很便宜,但穿在史密斯身上,却有种高档的感觉。敏锐的男人们更是发现,这个年轻人坐在奢华的客厅里,竟然一点也不局促。

"星期四,这几天我一直在搜集信息,你介意我问几个问题吗?"吃完饭后,梅里克先生问道。

"尽管问吧。"史密斯忙坐直了身子。

"那你呢,赫特?"

"随便问什么都行!"

"谢谢。"梅里克先生笑眯眯地问,"你们俩有什么打算呀。我知道,你们要结婚,然后呢?"

"这个，我们还没认真考虑呢。"史密斯想了想，说，"当然了，只要论坛报愿意继续雇我们，我们就会待在这里，只不过……"

"怎么？"

"我听说三位小姐过段日子就要回纽约了，到时候，论坛报就会停刊吧？"

"虽然她们很不愿意，但也只能放弃报纸。不过，她们回纽约，并不意味着报纸要停刊啊。不如你们来接手，怎么样？"

小情侣相视一笑，然后，史密斯有些不好意思地回答道："先生，我们付不起钱啊。"

"你们以后会在梅尔维尔安家吗？"

"噢！会的！"赫特忙说，"我可喜欢这个小镇了，镇上的人们也都好极了。而且，史密斯也不想回纽约，那里，毕竟有不愉快的过去。但是，说真的，就算您免费让我们用机器，我们也支付不起报纸的开销。"

"我找你们来，就是讨论这件事的。"梅里克先生说，"其实，在这样一个小镇，办日报是很荒唐的。只不过，一开始的时候，我们谁也没意识到这个问题。不久之后，我就意识到，当然，我的侄女们也意识到了，要想把这报纸发扬光大几乎是不可能的。日报办在这里，根本就入不敷出。而且，每天收集新闻写稿子，也实在是很累人。我知道，三个小姑娘每天都很累，经济压力也很大，但她们是真的热爱办报纸，也不想半途而废，这才坚持了下来。"

"哈哈，舅舅，总结得真好！"帕琪笑着说道。

"当初办的时候，我们就知道，总有一天，这个报纸要关门。不过，我还是要表扬侄女们，她们很聪明，学得快，也有毅力。本来，没人指望她们能做好，但是，到目前为止，报纸都很成功。现在，她们要功成身退了，留给了我一个小报社。是我出的钱，所以，现在我来给你们个提议。"

"虽然，在这里办日报不合适，但是，如果办一份覆盖沙齐郡的周报，年收益还是很可观的。多亏了乔·维格的发电厂，这片地区很快就会发展起来，到时候，郡里人一多，周报就能挣到钱了。所以，我提议，把报社转让给史密斯夫妇，并把日报改为周报，让这个报纸永久延续下去。你们俩这么能干，只需雇一个人打打杂就行。到时候，私人电报线和大报社信息也用不着了，还能省一笔钱。而且，乔·维格说，这份报纸让他和乡亲们的生活有趣了很多，所以，他将免费为你们提供电力。怎么样，要不要接受我的提议啊？"

赫特和史密斯听到这里，连连点头。

不过，史密斯犹豫了一下，说："有一个问题，这套机器，我们肯定得付租金给你们，但是，一开始，我们身上的钱肯定不够。"

"我已经想好了，你们只管放心用。"梅里克先生得意地说，"等你们接手后，每个月抽20%的净利润给我就行。等到某一天，你们交给我的钱等于我买机器的钱，这套机器就归你们了。"

星期四·史密斯感动极了，他忍不住说："先生，你这样根本不是在做生意啊。"

"没错，这确实不是生意。当初，你从工人手下救了我的侄女们，现在，这是我给你的回报。而且，我把你和赫特当朋友，我相信，你俩做生意绝对能挣钱，所以，帮朋友一把也没什么。好了,你还有别的问题吗?"

"那天,我听韦斯特先生说,过段日子他就要收回棚子放东西了。"

"关于这个,我也有对策。我已经雇了人,在旅馆边的空地上盖座新房子。地我早就买了,木头也订好了,等房子建成,肯定比现在的办公室好。到时候,一楼当办公室,二楼就是你们小夫妻的家。孩子们,你们觉得如何呀?"

不管是小情侣,还是姐妹们,都高兴极了。

"这房子呢,跟机器一样,从你们每月的净利润里抽20%给我就行。"

"可是,先生。"史密斯有些担忧地问,"万一我们没挣到钱呢,可怎么还你钱呀?"

"那就说明,我给你们的是一个沉重的负担,那是我的错,我就该承担责任。好了,别这么不自信,你们肯定能挣到钱的!"

史密斯笑了,说:"我想也是,没有把握,我也不会接受你的提议。"

"赫特,你怎么看啊?"

"先生,我真是高兴极了!"赫特笑着说,"您给了我们多好的机遇啊,我们可以在这个小镇里重新开始新的人生,简直是太棒了。"

"好了好了,说了这么多,你俩打算什么时候结婚啊?"帕琪两眼亮晶晶地,好奇地问。

赫特羞红了脸,说:"今晚之前,我们还不知道未来如何,所以,还没讨论过这个。"

贝丝恳求道:"在我们走之前,你俩快结婚吧,要是参加不了你们的婚礼,我会很难过的!"

赫特看了眼史密斯,有些害羞地说:"三位小姐帮了我们这么多,就满足她们吧!"

史密斯笑了,说:"越早结婚,我越开心!"

当天晚上,大家决定了许多事情。头一件是转让报社,第二件就是赫特和史密斯的婚礼。为了赶上婚期,梅里克先生再三保证,一定会督促工人们,赶快把小楼盖好,好让两人早日住进新房。

第二十四章　欢喜结局

夜晚的聚会快结束时,史密斯突然问道:"梅里克先生,如果我用星期四·史密斯这个名字结婚,合法吗?"

这个问题难倒了约翰舅舅,也难倒了亚瑟和少校。他们能够理解,小夫妻俩对星期四·史密斯这个名字更有感情,可是,他们真的不知道法律是否允许。

好一会儿,约翰舅舅才说:"要想让这名字合法,去改个名就行。但是,这过程需要时间,恐怕赶不上你的婚期了。"

"就算先结婚后改名,也不碍事吧!"少校眼前一亮,建议道。

"我是不在乎的。"赫特深情地看了史密斯一眼,说,"我是要嫁给他这个人,又不是要嫁给一个名字。不管他叫什么,我都一样爱他。"

"哎呀,可还是得合法呀!"帕琪责备地看了眼父亲,大声说,"要是不合法,以后会有很多麻烦的!再说,只有改了名,史密斯才能真正摆脱过去呀。"

"也是。"少校摸摸胡子,点点头。

"唉,好吧。"史密斯长叹一声,说,"看来,我只能用哈罗德这名字结婚了。一结婚,我就去改名,然后彻底和过去说再见!"

就这样,聚会愉快地结束了。说晚安的时候,三个姑娘心情都好极了。约翰舅舅的安排太妙了,不仅让她们解脱了,还给了史密斯和赫特一个谋生的机会。在这段时间的相处中,她们早就喜欢上了这对年轻人。

第二天,报纸易主的消息传开了,梅尔维尔的人都很开心。这帮精明的人一算,只要有乐子,周报和日报也没啥区别,还能少花几个钱,简直太划算了!而且,比起地主家的三位小姐,镇民们更喜欢史密斯和赫特,毕竟,这两人也是平头老百姓嘛。

就这样,在全镇人的努力下,婚礼很快就准备好了。

这场婚礼是由三位小姐一手操办,两位新人根本没上心,整天待在办公室里,专心致志地办报纸。

婚礼的地点定在梅里克先生的农场,全镇的人都被请来观礼。主持婚礼的牧师很了不得,是专门从胡克瀑布请来的。婚宴的菜肴也大有来头,全是纽约的厨师亲自掌勺。

为了庆祝婚礼,姐妹们还为赫特准备了份大礼,是结婚当天的行头,从婚纱到珠宝,一应俱全。亚瑟和少校也没闲着,两人挑了套顶好的家具,把新房塞得满满当当。梅里克先生的礼物最实际,是张面额不小的支票,够小两口逍遥好一阵子呢。

不过,这些礼物都比不上弗杰里的。婚礼的头一天,他从纽约发了封电报,里面写道:

哈罗德·梅伟尔刚在纽约被捕,经调查,此人身份属实。因此,星期四·史密斯真实身份依然是谜。据我猜测,史密斯必为名门之后。是否需要进一步调查,请回电。

约翰舅舅给小夫妻俩看了电报,赫特忙摆着手说:"不要,万一他又查出个不好的身份,把可怜的史密斯吓死了,那我怎么办。"

"如果史密斯真是出身高贵,你们不查,岂不可惜?"约翰舅舅问道。

"当个乡村编辑有什么不好。"史密斯握着赫特的手,说,"无论贫穷还是富贵,只要赫特在我身边,我就心满意足了。"